¡UNA NUEVA SERIE

DE CUENTOS TENEBROSOS!

NO. 1 LA VENGANZA DEL MUÑECO VIVIENTE

NO. 2 ESPANTO MARINO

NO. 3 SANGRE DE MONSTRUO AL DESAYUNO

NO. 4 EL GRITO DE LA MÁSCARA MALDITA

NO. 5 EL DR. MANÍACO CONTRA ROBBY SCHWARTZ

NO. 6 ¿QUIÉN ES TU MOMIA?

NO. 7 MIS AMIGOS ME LLAMAN MONSTRUO

NO. 8 SONRÍE Y ¡MUÉRETE CHILLANDO!

SONRÍE Y ¡MUÉRETE CHILLANDO!

R.L. STINE

SCHOLASTIC INC.
New York Toronto London Auckland
Sydney Mexico City New Delhi Hong Kong

Originally published in English as Goosebumps HorrorLand #8:
Say Cheese—and Die Screaming!

Translated by Iñigo Javaloyes

ISBN 978-0-545-41997-0

Goosebumps book series created by Parachute Press, Inc.

12 11 10 9 8 7 6 5 4 3 2 13 14 15 16 17/0

Printed in the U.S.A. 40

First Scholastic Spanish printing, July 2012

¡3 ATRACCIONES EN 1!

SONRÍE Y ¡MUÉRETE CHILLANDO!
1

BIENVENIDO A HORRORLANDIA
89

ARCHIVO DEL MIEDO
131

1

—¡Espera, Julie! —gritó mi mejor amiga, Reena Jacobs, corriendo a toda prisa por el pasillo de la escuela mientras su coleta rubia se meneaba de lado a lado—. ¿Es nueva esa cámara?

—Qué va, la tengo desde hace tiempo —contesté mirando la cámara que llevaba colgada del cuello—. Mi padre dice que me comprará otra si el Sr. Webb me encarga el gran proyecto.

Reena parpadeó con sus grandes ojos verdes.

—¿Qué proyecto? —dijo.

—Reena, llevo comentándotelo desde hace meses —dije, y le di un empujoncito—. ¿No te acuerdas? La foto de grupo de todos los estudiantes de la escuela para las páginas centrales de *El Tigre*.

El Tigre es nuestro anuario escolar.

Reena pareció asombrada.

—¿Pero no habían elegido ya a David Blank para ese proyecto? —preguntó—. Juraría que se lo encargaron a él.

—Pues mejor que no lo jures —dije yo—. Ahora mismo voy a la oficina de *El Tigre*. Tengo una idea fantástica que el Sr. Webb no va a poder rechazar. Así que David ya se puede ir peinando para salir bien en *mi* foto.

Reena soltó una carcajada.

—Creo que David no te cae muy bien, ¿no?

La miré impaciente.

—¿Acaso le caen bien las cabras a las lechugas? —pregunté.

—¿Las cabras a las lechugas? —dijo Reena sin entender—. No sé de qué hablas.

Reena es muy bonita. Tiene el pelo rubio y unos inmensos ojos verdes. Creo que es la niña más linda de la Escuela Intermedia Twin Forks. Y además es lista. Pero no tiene una gota de ironía y hay que decirle las cosas bien claritas.

—Me refiero a que David siempre quiere acapararlo todo —expliqué—. Siempre quiere ser la estrella. El Sr. Webb me pidió que fotografiara el mercadillo de galletas del gimnasio la semana pasada. Y cuando llegué, ¿adivina quién estaba allí?

—¿David?

—Efectivamente.

—Es muy competitivo —dijo Reena, dejando escapar una sonrisa picarona—. Pero la verdad es que es bastante guapo.

—¿Guapo? —repetí, y me metí un dedo en la

boca—. ¿Con ese pelo anaranjado y esas pecas? ¡Si parece una zanahoria!

—Tienes el cerebro lleno de verduras —dijo Reena.

—No, lo que tengo en el cerebro son *imágenes* —dije—. Te aseguro que si me lo propongo puedo ser igual de competitiva que él. Quiero sacar esa gran fotografía y por eso quiero llegar a la oficina del anuario antes que él.

Me di media vuelta y me marché por el pasillo. Ya eran casi las tres y media y no quedaba casi nadie en la escuela.

—Julie —dijo Reena—. ¿Aún quieres ir a montar en bicicleta el sábado?

—Tengo que cuidar a Sammy por la mañana —contesté. Sammy es mi hermano pequeño—. Si quieres podemos ir por la tarde.

Al doblar la esquina del pasillo me topé con las Hermanas Hiena. Bueno, en realidad se llaman Becka y Greta, y no son hermanas. Son amigas inseparables. Siempre van juntas.

Las llamo las Hermanas Hiena porque siempre tuercen la nariz cuando me ven, como si oliera a carroña. Y me tratan fatal.

Además de ir siempre juntas se parecen mucho. Son altas y flacas, tienen la nariz larguísima y una barbilla puntiaguda de brujita.

—Hola, Juju —dijo Becka con su fastidiosa risita.

Apreté los labios. Sabe perfectamente que no soporto que me llamen Juju. Así era como pronunciaba yo mi nombre de pequeña, cuando no sabía decir Julie.

Greta me apuntó a la cara con el dedo.

—Juju, tienes una cosa en los dientes —dijo.

Me froté los dientes con el dedo.

—¿Ya? —pregunté.

—Sí —dijo asintiendo con la cabeza—. ¡Era tu dedo!

Becka y Greta chocaron las manos y se rieron como si acabaran de hacer el chiste más ingenioso de la historia.

—¿Cuándo aprendieron esa broma? —pregunté—. ¿En primero o en segundo grado?

Me abrí paso entre las dos hienas y seguí a toda prisa por el pasillo con la cámara colgando del cuello.

La oficina del anuario estaba en la última puerta, a la izquierda. Agarré el picaporte, le di una vuelta y entré.

Entonces me quedé deslumbrada por una explosión de luz blanca.

Bueno, no fue exactamente una explosión.

Pasados unos instantes, empecé a darme cuenta de qué se trataba. La imagen de David Blank se fue esbozando en mi retina.

Estaba al lado del Sr. Webb. Tenía su cámara alzada y una maliciosa sonrisa en su cara de zanahoria.

—Primera lección, Julie —dijo—. Así es como se fotografía a alguien por sorpresa. Mira qué cara de horror te he sacado.

—¡David, casi me dejas ciega! —grité—. Todavía me duelen los ojos.

David observaba ensimismado la pantalla de su cámara.

—¡Mira qué cara! —exclamó. Le mostró la imagen al Sr. Webb—. ¡Parece sacada de una película de terror!

—¡Tú sí que pareces sacado de una película de terror! —repliqué enfurecida.

Estaba enojada porque David se me había anticipado. Lo aparté con el codo para ponerme al lado del Sr. Webb.

—Bueno, ya te vas, ¿no? —le pregunté a David.

Se encogió de hombros.

—No tengo demasiada prisa. El Sr. Webb y yo estábamos comentando algunas ideas para el anuario —dijo.

El Sr. Webb se quitó las gafas y se frotó los ojos. Es un hombre alto y desgarbado. Es tan flaco que se le ven los huesos de las muñecas. Tiene la cara alargada y el pelo negro muy, muy corto.

Algunos muchachos lo llaman El Palillo, y la verdad es que lo parece. Habla muy despacio y piensa detenidamente las cosas antes de decirlas. Se pasa el día quitándose y poniéndose las gafas. Un tic nervioso, supongo.

El Sr. Webb nunca ha sido mi maestro, pero dirige bien el anuario y sabe dar buenos consejos. Me parece una persona justa, siempre dispuesta a escuchar nuevas ideas.

—Mi papá me ha comprado un teleobjetivo nuevo para la Pentax —dijo David—. El viejo zoom tiene una magnificación de diez, y el nuevo de veinte.

—Y no lo dices por presumir, ¿verdad?

David piensa que es la última limonada del desierto porque su papá es director de *Camera*

World, la tienda de fotografía del centro comercial.

El Sr. Webb se ajustó las gafas y se me quedó mirando.

—Julie, el otro día sacaste unas fotografías estupendas del equipo de lucha libre —dijo—. Y David también.

Me mordí el labio.

—Pensé que el equipo de lucha me tocaba a *mí* —dije.

David esbozó su fastidiosa sonrisa.

—Pensé que a lo mejor necesitabas ayuda —dijo—. Ya sabes, en caso de que esa camarita tuya se rompiera o algo.

Sí, es totalmente insoportable.

—Bueno, ¿cuál es esa idea que querías comentarme? —preguntó el Sr. Webb.

Metí la mano en la mochila y saqué el plano que había dibujado. Ahora solo hacía falta que David se esfumara.

—Es para la fotografía de grupo de la escuela —le dije al Sr. Webb—. Se me ha ocurrido usar la nueva piscina.

David soltó una carcajada.

—¿Quieres hacer una foto debajo del agua? —dijo con tono socarrón—. ¡Qué chévere!

—Cállate, por favor —dije—. Aún no han llenado la piscina. No tiene agua.

Extendí mi dibujo sobre la mesa y el Sr. Webb

se inclinó sobre él para estudiarlo detenidamente. Se rascó la cabeza y entornó la mirada.

—¿La del trampolín más alto eres tú? —preguntó.

Asentí con la cabeza.

—¿Entiende ahora lo que quiero hacer? —pregunté—. Quiero que todos se pongan de pie dentro de la piscina. Quinto grado delante. Luego sexto. Y séptimo grado al fondo. La idea es sacarlos a todos desde lo alto del trampolín usando un gran angular.

El bobo de David se echó a reír.

—Ah, claro, y luego te tiras de cabeza encima de la gente. ¡Chévere!

No le hice caso.

El Sr. Webb estudió mi dibujo detenidamente.

—No está mal, pero me parece un poco peligroso —acabó diciendo—. El trampolín alto es...

—Es una plataforma muy ancha —dije—. Y hay barandillas a ambos lados. Es imposible caerse.

David se interpuso entre el Sr. Webb y el dibujo.

—Creo que lo mejor es que vayamos los dos, Julie y yo —dijo—. Ella puede usar su anticuado gran angular, y yo mi *square shooter* de Konica.

En ese instante lo hubiera tumbado de un guantazo.

¡Qué tipo más horrible!

—La plataforma no es tan ancha —le dije al Sr. Webb—. Allí arriba solo hay sitio para una persona, y dado que ha sido mi idea...

—¡Ya lo tengo! —dijo David—. Hagamos un concurso entre Julie y yo.

Tragué saliva.

—¿Un concurso?

—Quien consiga más fotos para el anuario gana, ¿de acuerdo? —dijo David—. Y el ganador saca la fotografía desde el trampolín.

El Sr. Webb se quedó pensando hasta que una sonrisa surcó su cara de palo.

—Bueno, me parece una manera justa de dirimir esta disputa —dijo—. Tienen una semana.

¿Justa? ¿Cómo que justa? La idea de la piscina fue mía. ¡Pero no me podía echar atrás!

David puso cara de triunfo. Deseaba borrársela de la cara. Pero no podía dejarle ver que estaba enojada.

—Muy bien. Estoy de acuerdo. Hagamos un concurso.

Doblé mi dibujo y lo metí en la mochila. Luego me despedí de los dos y me marché.

De camino a casa no podía pensar en nada más. Deseaba con toda el alma ganar. Quería ser yo quien se subiera a ese trampolín y que todo el mundo me mirara.

¿Quién me iba a decir entonces que estaba a punto de encontrar mi perdición?

Era sábado y la tarde estaba radiante, luminosa, azul. Era el primer día cálido de la primavera, y Reena y yo nos moríamos de ganas de dar una vuelta por el pueblo en bicicleta.

Pasamos junto a la escuela, giramos a mano derecha y bajamos la cuesta hacia el Parque Fairfax. Las dos llevábamos camisetas y pantalones cortos. ¡Qué gusto daba imaginar que ya había llegado el verano!

Tuvimos que poner los frenos para aminorar la marcha al final de la cuesta.

—¿Qué tal se ha portado Sammy esta mañana? —preguntó Reena.

—Como de costumbre —contesté—. Ya sabes cómo es.

Reena soltó una carcajada.

—Tu hermano está un poquito malcriado.

—Y es un poquito ñoño —añadí yo—. Y un poquito insoportable. Mi mamá me dice que hay que aceptarlo como es. O sea, que puede hacer lo que le dé la gana.

—El bebé de la familia —dijo Reena.

Atravesamos el parque surcando las sombras de los viejos y retorcidos árboles. Luego pasamos al lado de las casas de algunas de nuestras amigas.

Había muchachos lavando los autos de sus padres con una manguera. Al doblar una esquina un auto rojo se puso a nuestra altura.

El vidrio de la ventanilla trasera se deslizó hacia abajo. ¿Y quiénes creen que se asomaron? Mis mejores amigas, Becka y Greta.

—¡Juju! —dijeron las dos al unísono—. ¡Juju!

—¿Por fin has quitado los ruedines? —gritó Becka.

Greta me escupió el chicle que tenía en la boca. Pero falló.

—¡Adiós, Juju!

El auto desapareció con las dos niñas riéndose como hienas.

Hice un gesto de impaciencia y empecé a pedalear con fuerza. Reena trató de alcanzarme. Miré por encima del hombro y pude verla cerca, con su rubia melena al viento.

—¿Se puede saber qué les has hecho para que les caigas tan mal? —preguntó.

—Sé exactamente la razón —contesté—. ¿Te acuerdas de mi fiesta de cumpleaños del otoño pasado? ¿En la bolera?

—Claro que sí —dijo Reena—. ¡Se me cayó una bola en el pie!

—Mi mamá me dijo que solo podía llevar a cinco invitados —dije—. Como te puedes imaginar, Becka y Greta nunca han estado entre mis mejores cinco amigas. Más bien entre las cinco peores.

Reena soltó una carcajada.

—Así que no las invitaste.

—Por supuesto que no —respondí—. Y desde entonces me hacen la vida imposible.

Frené hasta detenerme en una esquina, junto a una señal de tráfico que había tumbada en la hierba.

—¿Dónde estamos? —pregunté.

Reena y yo miramos a nuestro alrededor. Había casas pequeñas muy pegadas a ambos lados de la calle. Los jardines eran pequeños, cuadrados y con el césped sin cuidar.

Una casa tenía todas las ventanas cubiertas de cartón. En el jardín había latas amontonadas y otros desperdicios.

Un perro con cara de pocos amigos, grande y desgarbado, nos ladraba dando tirones de su cadena en una casa con la entrada sin asfaltar. Dos niños pequeños arrojaban piedras contra la fachada de una casita de tejas.

—No conozco este barrio —dije—. Creo que nunca hemos venido tan lejos.

—Es un poco tétrico —dijo Reena, pero justo

después se le abrieron los ojos como platos—. ¡Mira! —dijo—. Una venta de garaje.

No me esperó. Pedaleó directamente por la entrada de grava junto a una hilera de globos rojos y azules que se movían con el viento.

Reena tiene auténtica debilidad por los mercadillos. Le encantan los zapatos y los sombreros viejos y la ropa de época. No sé qué hace con todas las cosas que se compra. Menos mal que tiene armarios grandes en su habitación.

Era una casa de ladrillo pequeña y cuadrada. La mosquitera de la puerta del patio estaba rasgada y la puerta misma estaba un poco descolgada del marco. Un mono de peluche se asomaba por la ventana de la fachada de enfrente.

Delante del garaje había una señora tumbada en una silla de playa. Era una señora gigantesca con las mejillas rosadas y nos miraba con una media sonrisa. Llevaba un vestido amarillo que le quedaba muy estrecho. Nos hizo un gesto con la mano para que nos acercásemos, pero no se movió de su silla.

Se estaba abanicando con un periódico doblado. El mismo periódico con el que apuntó, en silencio, a las mesas llenas de mercancía usada.

—Está todo a mitad de precio —dijo finalmente con voz áspera—. No he tenido tiempo de poner los precios, así que pregúntenme si les interesa algo.

Dejamos nuestras bicicletas en la entrada de grava. No había nadie más. Al fondo de la cuadra, el perro no dejaba de ladrar.

Reena se acercó a un perchero de vestidos y abrigos viejos. A mí me parecían horribles. A Reena, un auténtico tesoro.

Me detuve ante una mesa que estaba en la entrada del garaje. Tenía montones de viejas revistas *Time* y partituras amarillentas.

Empecé a mirar algunas de las partituras. Mi papá toca el piano y colecciona canciones viejas. Pero estas olían a moho y estaban empezando a deshacerse. La verdad es que me daban mala impresión.

Las dejé en la mesa, pero el olor se me pegó a las manos. Reena estaba probándose sombreros de paja.

En el garaje había estantes repletos de viejos juegos de mesa y algunos muñecos de acción. Me quedé mirando un juego de cartas del hombre lobo. Se llamaba *¡Muérdeme la cara!* Menuda tontería.

Más al fondo había algo que me llamó la atención. Estaba en un estante bajo, apenas visible en la penumbra. Una cámara.

Me incliné y la tomé en mis manos.

—Qué rara —murmuré.

Era muy antigua, desde luego, de forma cuadrada como una vieja cámara réflex. Era más grande que mi cámara digital y mucho más pesada.

Tenía la armazón metálica cubierta de cuero. La volteé y vi que tenía un flash incorporado en la parte superior.

Llevaba cinco o diez dólares en la mochila. ¿Sería suficiente?

Se la llevé a la mujer que estaba sentada en la silla de playa.

—¿Vende esto? —pregunté.

Miró la cámara con cara de espanto y le tembló la barbilla.

—¡NO! —gritó—. ¡DÉJALA! ¡Esa cámara no te conviene! Déjala donde estaba... ¡AHORA MISMO!

4

—Sí, sí, claro —alcancé a decir.

La señora empezó a gesticular con las dos manos para que me marchara. Tenía la cara roja como un rábano.

Me di la vuelta y fui hacia el garaje con la cámara en las manos.

"¿Qué le pasará a esta cámara?", me pregunté.

Me incliné para dejarla en el estante, y sentí una mano en el hombro.

—¿Eh?

Vaya susto. Al voltearme vi a una niña de pie; tendría unos doce años, como yo. Tenía la cara grande y colorada como la dueña de la casa.

—¿Quieres esa cámara? —susurró.

—Bueno, no lo sé —murmuré tímidamente—. Si no pasa nada, yo por mí...

Empujó la cámara contra mi pecho.

—Es tuya, llévatela —dijo.

—¿Cuánto es?

—Nada. Pero llévatela antes de que la vea mi mamá.

La chica me empujó hacia la calle.

Metí la cámara en mi mochila y me monté en la bicicleta. La mujer no me vio. Se estaba sirviendo una bebida de una jarra de plástico grande.

Reena agarró su bicicleta y la sacó andando a la calle.

—Aquí no hay nada que merezca la pena —susurró—. Vámonos.

Nos despedimos rápidamente de la señora y nos marchamos de allí. Antes de doblar la esquina me di media vuelta y miré el garaje. La niña seguía allí mirándonos. De pie. Tiesa. En silencio.

Me despedí con la mano, pero ella se quedó inmóvil.

Nada más entrar en la casa vi a mi mamá. Tiene el pelo negro, como yo, pero lo lleva muy corto, casi como un cepillo. Es bajita y un poco regordeta, y tiene una energía increíble. Nunca la verás sentada.

—Reena, ¿por qué no te quedas a cenar? —le preguntó a mi amiga.

—Claro, muchas gracias.

—¿Qué hay para cenar? —pregunté yo.

Mi mamá se encogió de hombros.

—Pizza. Llevo todo el día limpiando el ático y no he tenido tiempo para preparar manjares.

Mi mamá es así. No solo no se sienta nunca sino que se pasa el día limpiando.

—Esta vez sin pimientos, por favor —dijo Sammy quejándose, como de costumbre—. Detesto los pimientos. Y aunque los quites, siempre queda el sabor.

Sammy es una especie de versión en miniatura de mi mamá y yo. Es bajito, moreno, tiene los ojos marrones y los dientes de adelante separados. Como yo antes de que me pusieran los aparatos.

—De acuerdo, esta vez sin pimientos —dijo mamá.

Saqué la vieja cámara de mi mochila. Me moría de ganas de verla.

—¿De dónde has sacado eso? —preguntó Sammy.

Mi hermano intentó arrebatármela de las manos, pero me aparté justo a tiempo.

—¡Sácame una foto! —dijo, y fue directamente a la chimenea. Se puso en pose, sacó la lengua y cerró los ojos—. ¡Rápido! ¡Quiero mi foto!

—No tiene rollo —dije—. Me la acabo de comprar. Y, además, cuando tenga rollo voy a fotografiar a Reena, no a ti.

Me volteé y enfoqué a Reena. Entonces, apreté el obturador.

El flash de la cámara funcionó. Salió una luz intensa muy blanca y escuché un zumbido metálico. Un cuadrado de papel empezó a salir por debajo de la cámara.

—¿Qué es eso? —preguntó Sammy—. ¡La has roto! ¡Ja, ja! ¡Acabas de romper tu cámara nueva! —dijo bailando alrededor de Reena y de mí.

Saqué el papel cuadrado que salió de la cámara. Era de cartón. Tenía la superficie brillante y lisa.

—No la ha roto —dijo mamá—. ¿Nunca has visto una cámara de estas? Revelan las fotos ellas solas.

—¿Sí? —preguntó Sammy.

—Fíjate, hijo. La foto sale y luego se va revelando poco a poco —dijo mamá—. Estas cámaras tuvieron mucho éxito antes de que aparecieran las cámaras digitales.

Todos nos quedamos mirando el cuadrado de cartón que tenía en la mano. Primero, se empezó a poner oscuro. Luego aparecieron los primeros colores. La foto se empezó a revelar lentamente. Hasta que al final apareció Reena.

—El color no está nada mal —dije—. Es muy suave. ¡Qué chévere!

—¡Vaya, Julie! La foto no está nada mal, pero me han salido los ojos rojos.

Miré la foto detenidamente. Sí, Reena se veía fenomenal. Siendo tan guapa no es de extrañar. Pero tenía los ojos rojos.

Sammy se rió de Reena.

—¡Pareces una zombi! —dijo, y trató de

quitarme la cámara de nuevo—. ¡Déjame sacar una foto, anda!

Aparté la cámara.

—Esto no es un juguete, Sammy —dije, y sin esperar ni un instante me llevé a Reena a mi habitación—. Vamos, apuesto lo que sea a que puedo eliminar esos ojos rojos.

—¿Con tu computadora? —preguntó.

—Claro —respondí—. Solo tengo que escanearla y retocarla luego con mi programa de edición.

Nos metimos en mi cuarto y cerramos la puerta para que Sammy no nos estorbara.

Escaneé la foto. Tengo un programa de edición profesional que se llama *PhotoMaster Plus*. Estoy aprendiendo a usarlo.

Miré la foto en la pantalla y empecé a ajustarla.

—Qué extraño —susurré.

—¿Qué pasa? —dijo Reena.

Mi amiga me puso las manos en los hombros y se inclinó hacia la pantalla para ver la imagen de cerca.

—No puedo oscurecerte los ojos —dije—. En teoría el tono rojo se debería difuminar, pero no sé qué pasa.

—¡AUXILIO! ¡MIS OJOOOS! —gritó Reena.

Me volteé hacia ella.

Reena tenía las manos en los ojos y no paraba de gritar a pleno pulmón.

—¡MIS OJOS! ¡AUXILIO! ¡MIS OJOS!

5

No entendía nada. Me levanté de la silla de un brinco.

—¿Qué pasa? —pregunté.

Reena se frotaba los ojos.

—¡JULIE, POR FAVOR! —exclamó desesperada—. Ayúdame. ¡ME ARDEN MUCHO LOS OJOS! ¡AYÚDAME!

Le agarré las manos a Reena con suavidad y se las aparté de los ojos. Al verlos, se me hizo un nudo en el estómago. ¡Refulgían como una hoguera!

—Ayúdame —dijo, casi llorando—. ¡No te puedes imaginar cómo me duelen!

—A lo mejor el flash de la cámara es demasiado intenso —dije—. Estabas muy cerca cuando te tomé la foto.

Me llevé a Reena al baño. Empapé un paño con agua fría y se lo puse sobre los ojos.

—¡No sirve de nada! —gritó—. ¡Me ARDEN los ojos! ¡Ay, qué DOLOR!

Al apartar el paño, vi que aún tenía los ojos irritadísimos.

—Voy a ponerte más agua —dije, y volví a mojarle la cara.

Luego, la tomé de la mano y la llevé para que la viera mi mamá.

—Le arden los ojos —dije—. Los tiene totalmente rojos.

—Déjame ver, mi vida. —Mi mamá le quitó el paño de la cara a Reena. Al ver como tenía los ojos, parpadeó varias veces—. No sé qué puede haberte causado esta irritación. ¿Tienes alguna alergia?

Reena meneó la cabeza. Le temblaba todo el cuerpo.

—¡NO! —gritó con voz temblorosa—. No tengo ninguna alergia. Por favor, ¡AYÚDENME!

—Tengo unas gotas para los ojos en mi habitación —dijo mamá—. Tráemelas, Julie. Están en mi cómoda.

Mamá le puso las gotas en los ojos a mi amiga, pero no sirvieron de nada.

—Hija, llama a los padres de Reena —dijo mamá—. Creo que van a tener que llevarla al oculista. ¡Nunca he visto nada parecido!

La Sra. Jacobs llegó varios minutos después y ayudamos a Reena a subir al auto.

—Llámame luego —le dije a mi amiga—. Cuando estés mejor.

Las vi alejarse. Tenía un nudo en el estómago.

No podía sacarme los gritos de Reena de la cabeza.

Volví a mi habitación y miré fijamente la foto; la sonrisa de Reena y los ojos rojos, casi incandescentes.

"Esto es rarísimo", pensé.

Después de cenar seguía obsesionada con lo que había sucedido. Hasta que, de pronto, recordé un encargo del Sr. Webb para el anuario escolar. Se suponía que debía ir al gimnasio para fotografiar al equipo de baloncesto.

Metí dos de mis cámaras en la mochila, agarré la bicicleta y salí disparada al gimnasio. Llegué justo a tiempo. El partido estaba a punto de acabar. El equipo de mi escuela, Los Tigres, se enfrentaba a Las Mantarrayas de Bay Meadow. Íbamos perdiendo.

Vi a la estrella de nuestro equipo, Karla Mayer, robar el balón y correr por la cancha esquivando a otras jugadoras. Se detuvo en la línea exterior y lanzó el balón... ¡Triple!

Las gradas no estaban del todo llenas. Los estudiantes de la escuela empezaron a corear: "Karla, Karla, Karla".

Decidí tomar algunas fotos desde las gradas más altas. Saqué mi mejor cámara digital y subí corriendo por los empinados escalones. Di un grito al ver un tenis que me salió al paso. Demasiado tarde. Tropecé y caí. Me di un golpe tremendo en la rodilla. No tardé en ver a la dueña de ese tenis. Era Becka, acompañada de su inseparable amiga Greta.

—Ay, pobrecita —dijo Becka con su sonrisita canina.

—Disculpa, Juju. ¿No te habrás caído encima de tu cámara? —dijo Greta entre el griterío de las gradas.

Lo mejor hubiera sido no hacerles caso, pero no pude quedarme callada.

—Becka, esos pies son demasiado grandes para una chica, ¿no crees?

Luego miré la cámara. ¡Aaarg! Pues sí, me había caído encima de la cámara y había roto el objetivo.

Subí hasta lo alto de la grada meneando la cabeza.

Miré el marcador. Los Tigres perdíamos por 36 a 45. Karla tenía que empezar a jugar duro. Era el momento perfecto para sacar fotos.

Eché mano de la otra cámara.

¡Oh, no! Era la dichosa cámara vieja. La llevé por error. Pero no me quedaba alternativa. Tenía que usarla.

Sabía que no podría sacar docenas de fotos con ese viejo cacharro, así que debería seleccionar las tomas muy bien.

Quería fotografiar a Karla corriendo por la cancha. ¿Podría hacerlo con esa cámara? Me la puse ante la cara... ¡y gruñí de rabia! Ahí estaba David

Blank. Tenía su cabeza pelirroja tapada con una gorra de béisbol, pero aun así lo reconocí.

¿Qué hacía allí?

David estaba en la cancha junto al banquillo de las jugadoras. Llevaba sus dos cámaras colgadas del cuello y sacaba fotos sin parar.

—¡Eres una sanguijuela! —grité en voz alta.

David *sabía* perfectamente que este trabajo era mío. Evidentemente estaba dispuesto a hacer lo que fuera para ganar el concurso, pero esto se pasaba del límite.

Las Mantarrayas volvieron a anotar. El público enmudeció. Todo el mundo esperaba que Karla hiciera algo heroico.

Miré a las gradas. Becka hablaba por su teléfono celular mientras Greta buscaba algo en su bolsa. No estaban mirando el partido.

Tenía la cámara lista. Varios segundos después Karla llegó haciendo zigzags a toda velocidad por el centro de la cancha.

Esta era la imagen que estaba esperando. La mantuve en el ocular mientras Karla se aproximaba a la canasta. Dio un salto, se elevó por el aire y encestó el balón.

Apreté el obturador en el instante en que se despegó del suelo. El flash saltó. El cuadrado de cartón empezó a salir por abajo.

Me quedé mirando la foto, esperando a que empezara a revelarse.

—¿Qué pasó? —grité desesperada—. ¿Se puede saber qué he hecho mal ahora?

En la fotografía solo aparecía el brazo de Karla. ¿Y el resto del cuerpo? ¿Y su cara? ¿Cómo es posible que solo haya sacado su brazo?

Un sonoro *CRAAAAAK* hizo enmudecer a la grada.

Y por encima de aquel crujido, sonó un estridente y angustioso grito de dolor.

Me volteé y vi a Karla colgando del aro de la canasta.

¡Colgando de un solo brazo!

Karla gritaba y lloraba sin parar. Las lágrimas le caían por el rostro.

A pesar de que estaba en lo más alto de la grada, podía apreciar las terribles fracturas de su brazo, que seguía agarrado al aro en un ángulo extrañísimo.

Las jugadoras de ambos equipos estaban debajo de ella gritando y llorando. Los niños se taparon los ojos. Las entrenadoras corrieron hacia la cancha.

El árbitro no dejaba de hacer sonar su silbato. Me recordó a una sirena.

Karla cayó al suelo y se quedó tumbada, gritando, procurando no mirar los huesos de su brazo que le atravezaban la piel.

Miré la fotografía y me quedé sin respiración al ver el brazo de la mejor jugadora de nuestro equipo de baloncesto. No tenía cuerpo.

De pronto, sentí ganas de vomitar.

Varios minutos después llegaron los paramédicos con sus uniformes blancos. Miraron a Karla aterrados. La entrenadora Ambers estaba en la cancha junto a ella, tratando de tranquilizarla.

Karla ya había dejado de gritar. Supongo que se encontraba en estado de *shock*.

El gimnasio estaba vacío. Habían enviado a los dos equipos a los vestuarios.

Los paramédicos pusieron a Karla en una camilla y la levantaron. Su brazo estaba doblado totalmente hacia atrás.

Metí la fotografía en la bolsa. El árbitro se había marchado del gimnasio, pero aún podía sentir su estridente silbato en mi cabeza.

Me acordé de Reena. De los ojos rojos. Luego volví a acordarme del brazo de Karla.

Sentí un profundo escalofrío por todo el cuerpo.

"Quizás debí haber hecho caso a la advertencia de aquella señora. Quizás debí haber dejado la cámara en el garaje. ¡Esto NO PUEDE ser una mera coincidencia! Esta vieja cámara tiene algo malvado en su interior...", pensé.

No vi a David hasta que lo tuve ante mí. Me quitó la vieja cámara de la mano.

—¡Eh! —grité tratando de recuperarla en vano.

—¡Vaya! —dijo—. ¡Qué cámara más chévere! ¿De dónde la has sacado? ¡Déjame probarla!

—¡No! —grité procurando arrebatársela de nuevo de un manotazo.

Demasiado tarde.

David me apuntó *a mí* con la cámara... ¡y me TOMÓ UNA FOTO!

7

Cerré los ojos. Aún podía ver el destello blanco, incluso con los ojos cerrados.

Sentí el ruido que producía el mecanismo de la cámara. El cartón que iba saliendo poco a poco.

Al abrir los ojos vi a David mirando la cámara fijamente. Se estaba riendo.

—Es de juguete, ¿verdad? —dijo—. ¿Es de Sammy?

—Es muy vieja —respondí—. Tengo que ir a devolverla. No funciona bien.

David le dio la vuelta.

—¡Mira! —dijo—. Le está saliendo una cosa por abajo. ¿También tira agua?

—No tiene ninguna gracia —dije, y luego vi qué estaba mirando.

La fotografía cuadrada no había salido del todo. Se había quedado atascada.

—¿Ves? No funciona —dije—. Voy a devolverla ahora...

Me interrumpió una súbita sensación de ahogo.

Un dolor intenso me atenazaba el cuerpo. Era como si llevase un cinturón muy pesado que se ciñera cada vez más alrededor de mi cintura.

Lancé un grito extraño, gutural.

No podía respirar.

Me puse las manos en las caderas y me incliné hacia adelante. El dolor empezaba a ser insoportable.

Sentía como si me estuvieran cortando por la mitad.

—¡Julie! ¡Julie! —Sentí las manos de David en mis hombros—. ¿Estás bien? ¿Qué te pasa?

No me podía enderezar. No podía hablar ni respirar.

"Por la mitad... Por la mitad..."

De pronto, tuve una idea.

Sobreponiéndome al dolor, logré enderezarme y agarré la cámara.

El dolor estaba ahora reconcentrado en mi vientre.

Podía oír la voz de David. Sonaba lejos, muy lejos de mí.

—¡Julie! ¿Te duele algo? —gritó—. ¿Quieres que vaya a buscar a alguien?

Apretando los dientes agarré la fotografía atorada en la cámara y tiré con fuerza hasta sacarla por completo.

"¿Funcionará? ¿Desaparecerá el dolor?", me pregunté.

Apreté los dientes y esperé... y esperé...

No.

Se me cayó la foto de la mano. Me agarré el vientre y me incliné hacia adelante, apretándome con fuerza. No entendía cómo no me había desmayado del dolor. Era como si un cable al rojo vivo me hubiera atravesado el cuerpo de lado a lado.

Y luego... el dolor desapareció.

De golpe... simplemente desapareció.

Me enderecé, tomé una bocanada de aire y parpadeé sorprendida por mi repentino bienestar.

Respiré hondo una vez. Y otra. Y otra más. Me froté la muñeca con la mano. Me acaricié la cintura. No me dolía nada.

—¿Ya estás mejor? —preguntó David. Estaba tan pálido que se le habían desaparecido hasta las pecas—. ¿Julie?

No dije nada. Agarré la cámara, la sujeté firmemente contra el pecho y me alejé de David a toda prisa por la cancha de baloncesto.

—¡Oye! —gritó David—. ¿Y a ti qué te pasa?

No le respondí. Seguí corriendo hasta el estacionamiento de la escuela. Una vez allí me detuve a respirar el aire fresco de la noche.

Yo sabía perfectamente qué me pasaba. Era la cámara. Eso era lo que me pasaba.

Primero Reena, después Karla... y luego yo.

Era una cámara maldita. Le hacía daño a la gente.

Me di cuenta de que tenía que deshacerme de ella. Tenía que devolvérsela a aquella extraña mujer.

Sosteniendo la cámara contra mi cuerpo, pedaleé hacia mi casa con solo una mano en el manillar. Un auto pasó a mi lado con la música a todo volumen. Una niña me saludó desde el asiento de atrás, pero yo no le devolví el saludo.

Al llegar a casa, arrojé mi bicicleta a un lado del garaje. Corrí jadeando y entré por la puerta de la cocina. Planeaba subir a mi habitación y esconder la cámara sin que nadie me viera. Pero en cuanto pisé la sala de estar, Sammy me salió al paso. Tenía puesta una horrenda máscara de esqueleto.

—¡Sácame una foto o muérete! —dijo posando con las manos alzadas a modo de garras.

—Sammy, ¿quién te ha dicho que estamos en Halloween? —pregunté.

—No soy Sammy, soy la Calavera de Plata. Si

no me sacas una foto, te destruiré con mi visión calavérica.

Sentí un escalofrío. Pobre Sammy. Si le tomara una fotografía con esta cámara maldita, lo más probable es que terminase convertido en un esqueleto... ¡pero de verdad!

—¡Lárgate! —dije.

No quise empujarlo tan fuerte, pero estaba desesperada por llegar a mi habitación y esconder la cámara.

—¡Oye! ¡Eres carne de esqueleto! —gritó Sammy blandiendo un puño—. ¡Ahora conocerás la ira de la Calavera de Plata!

Al oírlo, me eché a reír. Es un niño malcriado, pero también es muy gracioso.

Entré en mi habitación y fui directamente al armario. Abrí la puerta. Al fondo había un montón de ropa sucia que había olvidado por completo. Escondí la cámara bajo una montaña de jeans y camisas sin lavar. Sammy *jamás* podría encontrarla allí.

El corazón me latía como un tambor. Sabía que no volvería a ser una persona normal hasta que no devolviese esa cámara maldita. Pero pensé que enterrada bajo una pila de ropa maloliente no podría hacer ningún mal a nadie.

Me arrojé sobre la cama con un sentimiento de profunda pesadumbre. Saqué mi teléfono celular, lo abrí y llamé a Reena.

—¿Tienes mejor los ojos? —le pregunté.

—Pues no, no están mejor —dijo Reena con sequedad—. Y todo gracias a ti.

—¿Cómo dices?

—Me has oído perfectamente —respondió—. Aún tengo los ojos rojos como un monstruo de feria. Y me arden.

—Reena, de verdad que lo siento —dije casi llorando.

—No puedo leer. No puedo ver televisión. ¡Y no puedo hacer mis tareas! —gritó mi amiga—. Tampoco podré ir a la escuela porque no quiero que nadie me vea así.

—Reena, de verdad, no sabes cómo lo siento —insistí.

—¿Que lo sientes? —gritó Reena—. Julie, esa señora te *advirtió* que no te llevaras la cámara. Pero tú te crees que lo sabes todo. Te crees que puedes hacer lo que te dé la gana. Y ahora... ¡mira lo que me has hecho a mí!

—¡Reena, por favor! —supliqué.

—¡El doctor nunca ha visto nada igual! —gritó enfurecida—. ¡Me... me has arruinado la vida, Julie!

—Pero... ¿por qué me hablas así? Tú y yo somos amigas, y...

—De amigas, nada —replicó—. Ya no somos amigas. Se acabó.

No podía creer lo que acaba de oír. Todo el

cuerpo me temblaba y apenas podía mantener el teléfono en la oreja.

La escuchaba llorar al otro lado de la línea.

—Reena, escúchame —dije—. Mañana voy a llevar la cámara a la casa de esa señora. Si vienes conmigo podemos preguntarle cómo curarte los ojos.

—Julie, piérdete —dijo Reena fríamente y me colgó.

Al día siguiente la escuela se me hizo interminable. No paraba de pensar en la cámara escondida en mi armario y extrañaba muchísimo a Reena.

Cada vez que me acordaba de aquel "Julie, piérdete", se me hacía un nudo en el estómago.

Al terminar la escuela regresé corriendo a casa. Quería llegar antes que Sammy.

Subí a mi cuarto, abrí el armario y aparté la ropa sucia a un lado. Luego, agarré la cámara y corrí al garaje por mi bicicleta.

¡Qué mala suerte! ¡Tenía una rueda pinchada!

Pero me dio lo mismo. Iba a devolver la cámara ese mismo día, ¡aunque tuviera que ir a rastras!

La metí en mi mochila y empecé a caminar. Una brisa fresca mecía las copas de los árboles de los jardines. El sol se ocultaba lentamente detrás de unos nubarrones.

Estaba convencida de que sabría cómo llegar. Pasé al lado de la escuela. Vi a varios compañeros de clase lanzando Frisbees en el césped.

Dejé la escuela atrás y descendí por una cuesta empinada hacia el Parque Fairfax. Varios niños se turnaban para bajar la cuesta en monopatín. No los conocía.

Al verlos deseé estar pasándolo bien.

Nada más entrar en el parque sentí un par de gotas frías en la frente. Los nubarrones cubrían ahora todo el cielo. El aire estaba frío.

"Julie, date la vuelta y vuelve a casa", pensé.

—¡No! —dije en voz alta, y seguí caminando.

Los árboles se mecían y susurraban mientras avanzaba por el parque. El viento sopló con fuerza, pero la lluvia cesó.

Crucé el parque a paso rápido. Luego atravesé un barrio de pequeñas casas.

¿Estaría en la calle correcta? Sí. Enseguida distinguí la casa de ladrillos rojos en la segunda manzana.

Esperé a que pasara un autobús escolar amarillo y me dispuse a cruzar la calle.

Di varios pasos y me detuve. Alguien tosió justo detrás de mí.

Me volteé rápidamente. No había nadie.

Qué raro.

Crucé la calle. Al ver la casa, aceleré el paso. ¡Estaba a punto de llegar!

Pero me detuve de nuevo al oír unos pasos sobre el asfalto mojado.

Me volteé nuevamente. La calle estaba flanqueada por arbolitos delgados.

¿Habría alguien escondido?

Seguí hacia adelante. Ya estaba casi en la entrada de la casa de la señora cuando volví a escuchar los pasos detrás de mí.

Sentí un escalofrío.

"Alguien me está siguiendo", pensé.

Empezó a llover y me volteé. Me fijé en todos los árboles de la calle.

—¿Hay alguien ahí? —pregunté en voz alta.

La lluvia atenuaba mi voz.

Nadie respondió.

—¡Sé que estás ahí! —grité—. ¿Quién eres?

Nadie respondió.

Sentí un temblor repentino, bajé la cara para protegerme de la lluvia y corrí por la entrada de grava.

La puerta del garaje estaba cerrada. Alguien había pintado una X de color rojo en la parte de adelante. Me di la vuelta y vi al mono de peluche en la ventana principal. Detrás del mono solo había oscuridad.

Las gotas de lluvia golpeaban la ventana.

Miré a mi alrededor y no vi a nadie, pero sabía que había alguien por allí. Alguien me miraba. No era mi imaginación.

Oprimí el timbre y sentí otro escalofrío. Escuché el eco de la campana dentro de la casa.

Esperé unos segundos. Volví a llamar, pero nadie contestó.

La puerta con mosquitera estaba entrecerrada. Tiré de ella y golpeé la puerta de entrada con el puño.

La puerta se abrió y me asomé dentro.

—¿Hola? —grité—. ¿Hay alguien en casa? ¿Hola?

Silencio. Solo se oía la lluvia en el asfalto.

Pasé a la pequeña sala de estar. Entorné la mirada hacia la oscuridad y me quedé sin aliento.

La salita cuadrada estaba totalmente vacía. No había ni un solo mueble. El mono de peluche seguía en la cornisa, pero no había nada más. Ni siquiera una alfombra en el suelo.

—¿Hola? —grité—. ¿Hay alguien aquí?

Mi voz resonó en la habitación vacía. Corrí hasta la cocina. También estaba vacía. Una cazuela solitaria reposaba en el fogón. Estaba quemada por dentro. Y me di cuenta de que se habían llevado hasta el fregadero.

Me recliné contra la pared y suspiré. Tenía la cabeza empapada. Me sequé la frente con la mano.

"Se han mudado. La señora y su hija han vendido todas sus pertenencias y se han largado".

—¿Y ahora qué? —me pregunté en voz alta.

Saqué la cámara maldita de la mochila y la miré. ¿Cómo la iba a devolver?

No sabía qué hacer con ella.

—A casa no me la llevo ni loca —me dije a mí misma.

No tardé mucho tiempo en tomar una decisión: la dejaría allí mismo. La idea me hizo sentir un alivio repentino.

Volví a la sala de estar, di la vuelta al mono de peluche y le puse la cámara en el regazo.

Me aparté lentamente y sentí ganas de sonreír. ¡Qué gusto dejar allí la cámara! Y sin embargo, no dejaba de sentir la mirada del mono siguiéndome hacia la calle.

Cerré la puerta principal y luego la puerta con mosquitera. Había dejado de llover y el sol se abría paso entre las nubes.

De pronto, todo parecía volver a la normalidad.

¡Qué maravilla estar de nuevo en casa! Quedaban varias horas para cenar, y estaba demasiado inquieta como para sentarme a hacer mis tareas.

Agarré mi cámara digital y mi objetivo para momentos de emergencia, y me fui a la escuela. Tenía que empezar a sacar buenas fotos. ¡Ni loca iba a permitir que David ganara el concurso!

Había unos chicos patinando en el estacionamiento de la escuela. Tenían puesto *hip hop* a todo volumen. Les saqué varias fotos tratando de captar lo bien que la estaban pasando.

Luego saqué algunas fotos de un grupo de chicos jugando *kickball* en el campo de fútbol. Era divertidísimo. El suelo estaba mojado y no hacían más que resbalarse y caerse de nalgas.

Algunas de las fotos me salieron muy buenas.

—David, estás acabado —murmuré para mí misma camino a casa.

Me moría de ganas de bajar las fotos en mi computadora. Luego solo tendría que imprimirlas y llevarle las mejores al Sr. Webb.

Mis padres estaban en la cocina. Mi papá pelaba zanahorias en el fregadero mientras que mamá sofreía algo en el fogón.

—¿Qué tal? —preguntó papá—. ¡Ay! ¿Por qué no inventarán un pelador de zanahorias que no destroce los dedos? ¡Mira, estoy sangrando!

Papá no es lo que se dice un cocinero muy diestro. No sé por qué insiste siempre en echar una mano.

—Faltan unos diez minutos para que la cena esté lista —dijo mamá.

—Está bien —dije—. Papi, ¿te traigo una curita?

—¿Una? ¡Necesito diez! —gritó sin dejar de pelar las zanahorias.

Me apresuré a mi habitación. Llevé la cámara digital a mi escritorio y la puse al lado de mi computadora.

Algo me llamó la atención. Me di la vuelta y solté un grito.

—¡Nooooo!

¡Era el mono de peluche! Estaba en mi cómoda con la cámara maldita en su regazo.

10

—Pero... ¡es *imposible*! —dije aturdida.

Cerré los ojos, esperé unos instantes y los abrí. El mono seguía allí. Con la cámara.

¿Pero cómo habrá llegado hasta aquí? *¿Cómo?*

Me entró una sensación de vacío en el pecho. El corazón me latía a cien por hora. Agarré la cámara y corrí escaleras abajo.

Entré en la cocina con la respiración entrecortada.

—¿Mamá? ¿Papá? —grité—. ¿Ha venido alguien a casa?

Ambos me miraron.

—¿Alguien?

—En mi habitación —dije—. ¿Ha estado alguien en mi habitación?

Sammy asomó la cabeza desde debajo de la mesa.

—Sí, Calavera de Plata —exclamó—. Calavera de Plata está en todas partes.

—¡Cállate! —dije—. ¡Hablo en serio!

Mi mamá meneó la cabeza.

—Llevo aquí toda la tarde y no he visto ni he oído a nadie, Julie —dijo—. ¿Esperabas a alguien?

—No. Es complicado de explicar. Es que...

Era imposible que creyeran mi historia. Mis padres son contables de una compañía de seguros. Los dos.

¿Sabes qué significa eso? Significa que son el tipo de persona que no cree en cámaras malditas.

Sammy salió a toda velocidad de debajo de la mesa. Dejó caer dos muñecos de acción, salió disparado hacia mí y trató de arrebatarme la cámara.

—¡Dámela, Julie! —dijo—. ¡Dámela! ¡Quiero probarla!

Lo aparté de mí empujándolo con la propia cámara.

—Voy a enseñarte algo nuevo —dije—. La cámara es *mía* no *tuya*. ¿Entiendes la diferencia entre *mía* y *tuya*?

—Eres un mandril con cara de idiota —dijo Sammy.

—Cuidado con lo que dices, Sammy —dijo papá.

—¿Por qué no le prestas la cámara a tu hermano? —preguntó mi mamá—. No te la va a romper.

—Mamá tiene razón —dijo Sammy.

¿Mandril con cara de idiota? ¡Mira quién habla!

No contesté. Me di la vuelta y salí corriendo a mi habitación.

Volví a esconder la cámara bajo un montón de ropa sucia. Pero sabía que eso no iba a ser suficiente. Mi hermanito es un chismoso y acabaría por encontrarla. Y sabía que tarde o temprano tendríamos una tragedia.

Tenía que sacar ese horrible objeto de mi casa y dejarlo donde no pudiera regresar por arte de magia.

¿Pero dónde?

¿Dónde?

11

Ya era casi la hora de dormir, pero no estaba cansada. No se me quitaba de la cabeza la imagen de la cámara en el fondo de mi armario. No podía dejar de pensar en Reena y Karla. Y en el terrible dolor que sentí en las gradas de la cancha de baloncesto.

Sabía que no sería capaz de conciliar el sueño hasta que no sacara esa cosa terrorífica de mi casa.

Me acerqué al armario caminando en puntillas. No quería que me oyeran mis padres. El suelo crujía bajo mis pies. Ese era el único sonido, aparte del roce sedoso de las cortinas ondeando junto a la ventana.

Miré afuera. El cielo estaba morado, sin luna y sin estrellas. Una brisa repentina hizo estremecer las negras siluetas de los árboles. Un gato maulló por algún lugar del barrio. Un maullido triste y lastimero. Seguramente, el pobre gatito deseaba entrar en alguna casa.

Yo tampoco quería estar fuera de la mía. Pero sabía lo que tenía que hacer. Tenía que lograrlo. Y tenía un plan.

Atravesé la habitación en plena oscuridad, me arrodillé ante el armario y agarré la dichosa cámara. Salí de la habitación y bajé por las escaleras a hurtadillas.

Pasados unos segundos llegué a la cocina, abrí la puerta y salí a la calle. Esperé a que los ojos se me adaptaran a la oscuridad. Sentí en la cara la caricia fresca y húmeda de la brisa nocturna.

Ya no quedaba ninguna luz encendida en las casas de los vecinos. Y el gato seguía con sus melancólicos aullidos. Volví a buscar la luna en el firmamento, pero estaba oculta tras una densa capa de nubes.

Crucé el jardín y seguí la pequeña senda de tierra que pasa por detrás de las casas. El suelo estaba blando y enlodado por la lluvia.

Apreté la cámara contra mi pecho y seguí hacia adelante bordeando los charcos. Al cabo de unos minutos me detuve ante el Estanque de la Senda. Así es como lo llama todo el mundo, aunque en realidad no tiene nombre. Es un estanque pequeño y redondo al final de una senda.

Hay quien dice que en su momento tuvo

carpines dorados, pero ya no. Ahora no es más que un gran agujero lleno de agua sucia.

Alcé la cámara y me preparé para arrojarla al estanque.

Pero un sonido repentino me hizo detenerme.

Un sonido de algo que se movía entre matojos detrás del seto de espinos que hay junto a la senda.

Me di la vuelta rápidamente.

¿Escuché un jadeo? ¿O fue el viento?

Sentí una presión fría en la nuca. Alguien me observaba.

—¿Hola? —susurré—. ¿Quién anda ahí?

Nadie respondió.

Tuve otro escalofrío. Podía sentir como se me agarrotaban todos los músculos del cuerpo.

¿Me estaría observando alguien? Empezaba a sentirme verdaderamente asustada. Pero tenía que terminar mi misión.

Alcé el brazo de nuevo y lancé la vieja cámara al estanque.

Cayó produciendo un sonoro *cataplof.* Y se hundió inmediatamente bajo la tersa y oscura superficie del agua.

Me quedé mirando el estanque varios segundos. La cámara no salió a flote.

Volví a mirar el seto al lado de la senda. No vi ni oí nada.

¿Habría sido mi imaginación?

Volví corriendo a casa, salpicando barro con cada zancada. Entré en la cocina sigilosamente y subí con mucho cuidado por las escaleras.

Me detuve a mitad de camino por el pasillo. Vi una luz amarilla a través de la puerta entreabierta de mi habitación.

"¿Habría alguien allí?", me pregunté.

12

El corazón me palpitaba a toda velocidad. Me acerqué a la puerta de puntillas. Luego, sigilosamente, asomé la cabeza.

—¡Sammy!

Mi hermano se dio media vuelta sobresaltado. Estaba en pijama y arrodillado frente al cajón de abajo del armario.

—¿Se puede saber qué haces aquí? —pregunté.

—Te oí salir —contestó—. Y quería ver tu cámara.

Cerré el cajón de golpe y mi hermano se paró.

—¡Eres un chismoso! —susurré.

Lo empujé hacia la puerta.

—Solo quería probarla una vez —protestó.

—Olvídate de la cámara. Ya no está aquí, Sammy. Y no volverá a estar nunca más —dije, y volví a empujarlo.

Intentó darme una patada con su pie descalzo, pero le dio al borde de la alfombra.

—Si no la querías me la podías haber dado a mí.

—Estaba rota —dije—. La tiré.

Empezó a discutir conmigo, pero le cerré la puerta de la habitación en la cara.

De pronto me sentí totalmente exhausta y bostecé. Me dolían todos los músculos del cuerpo y sentía que me pesaba la cabeza. Aun así, tardé mucho tiempo en conciliar el sueño. Cuando finalmente logré dormirme, tuve un sueño realmente perturbador.

Soñé que estaba encaramada en el trampolín más alto de la piscina de la escuela. Todos los estudiantes estaban parados dentro de la piscina, mirándome. Me disponía a sacar la foto para el anuario.

Alcé la cámara maldita con las dos manos y noté algo raro. No parecía un objeto inanimado. Estaba blanda y desprendía calor.

Al agarrarla sentí que se me movía en las manos... que palpitaba... *¡y respiraba!*

¡La cámara estaba VIVA!

Me la puse ante la cara. Traté de mirar a través del visor y la cámara empezó a respirar con fuerza.

Algo me salpicó los zapatos. Miré hacia abajo. Vi gotas de sangre.

El objetivo de la cámara sangraba. Sangre rojísima. Gota a gota.

Pero yo seguí adelante. Enfoqué a los estudiantes y apreté el obturador.

Luego estaba con la foto en la mano esperando a que se revelara. Tardó muchísimo tiempo.

Cuando la imagen empezó a aparecer en el papel contuve la respiración. En la foto había desaparecido la piel de los muchachos. Sus cráneos reflejaban la luz del sol. ¡Se habían convertido en *esqueletos*!

—¿Qué he hecho? —grité—. ¿Acabo de matar a todos los estudiantes de la escuela?

Me desperté empapada en sudor. Traté de olvidarme del sueño, pero la imagen de aquellas calaveras sonrientes no se me iba de la mente.

—Solo ha sido un sueño —susurré—. Respira profundo, Julie. Solo ha sido un sueño.

Cerré los ojos y abracé mi almohada. No podía dejar de temblar. Supe que no podría volver a conciliar el sueño.

Me quedé allí, mirando el techo. Al cabo de un rato empezó a clarear. La luz cálida y rosada del amanecer invadió mi habitación.

Me levanté y me asomé por la ventana. Me quedé mirando los cálidos colores del alba, absorviéndolos, y empecé a sentirme un poco mejor.

Me vestí para ir a clase y bajé a la cocina a desayunar.

No se había levantado nadie. Fui a la nevera a buscar jugo de naranja, pero me detuve a mitad de camino. Me detuve y la miré. Fijamente.

La cámara maldita me esperaba en la mesa de la cocina.

13

La cámara estaba empapada. El objetivo estaba cubierto de barro.

Quise gritar. Quise agarrar ese maldito cacharro y arrojarlo contra la pared con todas mis fuerzas, una y otra vez; saltar sobre ella; machacarla con un martillo.

Pero sabía que no serviría de nada.

La había dejado en esa casa al otro lado de la ciudad. La había arrojado al estanque.

Y ahí seguía. No había manera. Era imposible deshacerse de ella.

La agarré. Corrí escaleras arriba a mi habitación y la escondí en el armario antes de que alguien bajara a desayunar.

Aquel día no pude pensar en otra cosa.

A mediodía, las Hermanas Hiena, Becka y Greta, me pusieron una zancadilla e hicieron que se me cayera la bandeja del almuerzo. Debió resultar muy cómico porque todo el mundo se rió.

—Mira por dónde vas —dijo Becka con su sonrisa carroñera.

No le hice ningún caso. Ni siquiera las miré. Simplemente me largué de allí sin comer.

No podía olvidar la imagen de la cámara en la mesa del desayuno. Tenía el estómago tenso, como si alguien me lo hubiera retorcido y le hubiera hecho doce nudos. Apenas podía tragar. ¿Cómo iba a comer?

Sabía que había llegado el momento de buscar ayuda.

Al terminar las clases y llegar a casa, metí la cámara en la mochila y me fui en bicicleta al centro comercial. Dejé la bici en el estacionamiento y salí corriendo hacia *Camera World*, la tienda de fotos. Estaba en el segundo piso.

Una campanita colocada sobre la puerta anunció mi llegada. Vi al padre de David colocando algo en el escaparate. Llevaba una camisa de rayas azules y blancas. Estaba limpiando un objetivo con un paño blanco.

Me reconoció enseguida y me saludó con mucha amabilidad.

—¡Hola, Julie! —dijo muy sonriente—. ¿Qué cuentas?

El Sr. Blank es bajito y delgado. Tiene la cabeza prácticamente calva con una franja de pelo negro a la altura de las orejas. Sus ojos son pardos y en su cara siempre muestra una sonrisa agradable bajo un finísimo bigotito negro partido en dos.

—Quiero enseñarle algo —le dije. Saqué la cámara de la mochila y la coloqué en el mostrador de cristal—. ¿Qué me puede decir de esta cámara tan vieja y tan rara?

Con sumo cuidado, el Sr. Blank puso el objetivo en el paño y lo metió en un cajón.

—Veamos qué es esto —dijo.

Alzó la cámara con una mano y le dio vueltas lentamente ante su cara.

—Es vieja y rara, eso está claro —murmuró—. ¿De dónde la has sacado, Julie? ¿La encontraste en eBay?

—No, en un venta de garaje.

—Creo que nunca he visto una cámara igual —dijo. Volvió a darle la vuelta y la miró por abajo detenidamente—. No tiene marca, ni número de serie.

Miró a través del ocular. Luego estudió el objetivo detenidamente.

—Es una cámara con autorevelado —dijo—. Es muy extraño en una cámara tan antigua. Es muy peculiar, Julie —dijo—. Francamente peculiar.

El Sr. Blank no dejaba de tocarse el bigote.

—En la oficina tengo algunos catálogos viejos —dijo—. Echemos un vistazo.

Lo acompañé a la oficinita que está en la trastienda. Era casi tan pequeña como un escobero. Había una pequeña mesa con una computadora, una silla y montones de libros y revistas de fotografía.

El Sr. Blank sacó varios catálogos de debajo de un montón, y empezó a hojearlos.

—Que la cámara no tenga marca complica mucho las cosas —dijo mientras abría otro catálogo—. Entiendo bastante de cámaras antiguas —dijo—. Dicen que tengo memoria fotográfica. Ja, ja. Qué chiste tan malo, ¿verdad? Pero es que jamás había visto una... ¡oh!, ¡un momento!

El Sr. Blank me miró asombrado.

—Julie, creo que has dado con una rareza realmente extraordinaria —dijo mientras alzaba la cámara y la comparaba con la de la foto del libro—. Sí, sí, es esta.

—¿Cuál? —pregunté.

—Aquí dice que solo se construyó una unidad de este modelo —dijo el Sr. Blank—. Dice que fue fabricada para una película de terror de la década de 1950.

Tragué saliva.

—¿Una película de terror?

Asintió con la cabeza.

—Sí, se hizo para una película titulada *Sonríe... ¡y muérete!* —dijo leyendo la letra pequeña—. Pero al parecer la película nunca se llegó a terminar. Según este libro hubo muchos accidentes extraños durante el rodaje y tuvieron que cancelar la producción.

—¿Accidentes extraños? —dije estremecida.

El Sr. Blank se encogió de hombros.

—Eso es todo lo que dice el catálogo. La película no se terminó y la cámara desapareció para siempre. Eres muy afortunada —dijo finalmente—. Creo que has encontrado un fragmento de la historia del cine.

Me extendió la cámara.

—N, n, no... p, p, por favor —dije tartamudeando y dando un paso atrás—. ¿Puede quedarse usted con ella?

El Sr. Blank parpadeó extrañado.

—¡Pero, Julie! —dijo—. Es probable que esta cámara tenga mucho valor. Es...

—A esta cámara le pasa algo —dije alzando la voz—. No la quiero, por favor...

—Seguro que se puede arreglar —dijo.

—No, no se puede —grité—. Tiene una maldición o algo por el estilo. ¡Es una cámara MALDITA! Por favor, Sr. Blank, quédese con ella. Póngala en un lugar seguro, donde no le haga daño a nadie.

—Yo no creo en maldiciones —dijo mirándome con seriedad—. Eso es una locura.

—Por favor, quédese con ella —dije, y me di media vuelta.

—Si quieres puedo darte crédito para comprar algo que te guste.

—No, gracias —respondí.

No podía permanecer allí ni un segundo más. Lo único que deseaba era alejarme de aquella cámara.

Salí de la oficina y corrí hacia la salida. La campanita de la puerta sonó ruidosamente. Corrí por el centro comercial tan rápido que casi tiro al suelo a una señora que empujaba a sus gemelos en un coche de bebé doble.

—¡Perdón! —dije, y seguí corriendo.

"¿Me habré librado finalmente de ese cacharro? —me preguntaba—. ¿La encerrará el Sr. Blank o me encontrará de nuevo?"

Al día siguiente, al terminar las clases, saqué mi cámara digital de mi casillero. Luego salí corriendo hacia el auditorio. Los niños estaban en pleno ensayo de una obra de teatro llamada *Adiós, pajarito*. Quería sacar algunas fotos de los actores para el anuario escolar.

Todo el mundo estaba reunido en el escenario ante la cortina. La Srta. Harper estaba sentada al piano en una esquina tocando una pieza musical de la obra.

La Srta. Harper es nuestra nueva maestra de música. Nos había dicho a todos que quería "revolucionar" las actividades musicales de la escuela. De hecho, *Adiós, pajarito* es el musical más importante que hemos representado. Necesitaba sacar cientos de fotos, desde los primeros ensayos hasta la noche del estreno.

Al acercarme al escenario vi a Becka y Greta y dejé escapar un gruñido de rabia. Había olvidado totalmente que actuarían en la obra.

Estaban discutiendo en medio del escenario. En cuanto me vieron empezaron a poner caras.

Yo les respondí con una mueca de mi cosecha. Luego oí unos pasos que se acercaban por detrás de mí.

—¡David! —grité—. ¿Qué haces aquí?

Me miró con una sonrisa ofensiva. Sacó los brazos de detrás de la espalda y me la mostró... ¡No!

Sí. ¡La cámara maldita!

Alzó la cámara, apuntó a Greta y Becka y dijo:

—¡Una sonrisa, por favor!

Me quedé helada de terror.

David levantó el dedo para presionar el obturador.

—¡NOOOOOOOOO!

14

Puse la mano delante del objetivo.

David bajó la cámara.

—¿Por qué haces eso, Julie? ¿Se puede saber qué te pasa? —dijo ofendidísimo.

No respondí. Avancé hacia él con determinación haciéndolo retroceder por el pasillo.

—¿Qué haces con esa cámara? —pregunté.

David se encogió de hombros.

—¿Te pasa algo? Mi papá me la ha prestado. Me dijo que tú ya no la querías.

—Pe... pero...

—*Sé* perfectamente que has intentado deshacerte de ella —dijo David.

—¿Eh? —dije sin entender—. ¿Y cómo sabes tú eso?

Volvió a encongerse de hombros.

—Porque te he visto. —Una sonrisa surcó su pecoso rostro—. Te he estado siguiendo, Julie.

—¿QUÉ? —grité.

—¿Quién creías que te ha estado siguiendo? —dijo David sin dejar de sonreír—. He estado pendiente de ti día y noche. Te he visto dejarla en esa casa cerca del parque. Te he visto arrojarla al estanque. ¿Quién te crees que te la ha devuelto las dos veces?

Me quedé boquiabierta.

—¿Y cómo lograste sacarla del estanque?

—Metí la mano y la saqué —dijo David sin parar de reír—. Ese estanque solo tiene un pie de profundidad.

Me quedé mirándolo. No podía hablar.

—¿Te has colado en mi casa? ¿Me la has devuelto tú? ¿Me has estado espiando? Pero... ¿por qué? —grité.

—Para marearte un poco —contestó David—. Lo que más deseo en este mundo es ganar el concurso, Julie. Y quería que estuvieras totalmente estresada para ganarte sin problemas.

Sonreí amargamente.

—Felicidades, David —dije—. Lo conseguiste, pero lamento decirte que aun así voy a ganar yo el concurso.

Empezó a decir algo, pero Becka lo interrumpió desde el escenario.

—¡Eh, David! —dijo—. ¡Sácanos una foto para el anuario de la escuela!

Becka y Greta empezaron a saludar y a posar. Me interpuse entre David y las Hermanas Hiena.

—He llegado yo primero, así que las fotos las hago yo.

—Pero nosotras no queremos que las saques tú —dije Greta.

—Lo siento, Juju —exclamó Becka—, pero tú no sabes ni sacarte los mocos.

Las dos se rieron y chocaron las palmas de las manos, como si hubieran contado el mejor chiste del mundo.

—Lárgate, Juju —dijo Greta—. Ahora la cámara chévere es de David.

Miré a David a los ojos.

—No uses esa cámara. Te lo advierto —dije.

Se rió.

—¿Me lo adviertes?

—Escúchame, David. No quería deshacerme de la cámara porque sí —aclaré.

Pero le entró por un oído y le salió por el otro. Alzó la cámara y apuntó a las dos muchachas a través del ocular.

—¡No!

Me lancé hacia David tratando de arrebatarle la cámara.

Pero fue demasiado tarde.

Sentí el flash, y la foto comenzó a salir por la parte inferior de la cámara.

—Un clásico instantáneo —gritó David. Y le entregó la foto a Becka.

Las dos amigas se inclinaron sobre la foto esperando a que se revelara.

Estaban sonrientes, pero sus rostros no tardaron en cambiar.

—Ay, ¡qué asco! —gritó Becka.

—¡Qué cosa tan perversa! —exclamó Greta.

15

Las chicas miraron la foto con los ojos muy abiertos.

—¿Qué le pasa a tu cámara, Juju? —preguntó Becka—. El color ha salido fatal.

—¿Eh? ¿Cómo que *mi* cámara? —grité indignada—. David ha sido el que...

—Tu cámara es una porquería —dijo Greta—. ¡Y tú también!

—¿Por qué me echan la culpa a mí? —dije—. Yo no...

Becka me puso la foto a un palmo de la cara. David y yo nos quedamos mirándola. Las chicas aparecían con la cara y los brazos verdes. Y tenían la piel resquebrajada y con bultos, *¡como si fuera piel de caimán!*

Tragué saliva.

¿Acaso era eso lo que les esperaba a Greta y a Becka?

¿Tendrían piel de reptil en cuestión de minutos?

Sentí una sacudida por todo el cuerpo y no vomité de milagro.

David era quién había sacado la foto y sin embargo me echaban la culpa a *mí*. A mí y a mi cámara. No a David.

Si se cumplía el presagio de la foto....

Sentí otra sacudida.

Sabía que tenía que pedir ayuda a alguien. ¿Pero a quién? Mis padres jamás creerían una historia tan descabellada como ésta.

Le arrebaté la cámara a David y corrí hacia la salida por el pasillo. Podía oír a las Hermanas Hienas haciendo chistes sobre mi cámara. Pero los chistes cesaron de repente.

Llegué a las puertas del auditorio y empecé a abrir una de ellas.

En ese instante, se desataron los primeros gritos de terror. Desde el escenario.

No tuve que darme la vuelta para saber qué estaba pasando.

Me flaquearon las rodillas. Tuve que agarrar el picaporte con fuerza para no caerme porque sentí otra sacudida por todo el cuerpo.

Me di la vuelta. Lentamente. Becka y Greta gritaban y se arañaban la cara con desesperación.

Aunque estaban en la otra punta del auditorio podía ver su piel verde, reseca y resquebrejada. Llena de bultos.

Tragué saliva e intenté respirar profundamente.

Becka me miró blandiendo un puño.

—¡TÚ eres la responsable de esto! —gritó—. ¡Eres una BRUJA!

—¿Por qué nos ODIAS tanto? —lamentó Greta.

La Srta. Harper se levantó del piano y se me quedó mirando con las manos en la cintura.

Todas las personas que estaban en el auditorio tenían los ojos sobre mí.

Becka y Greta gritaban y lloraban sin cesar, tocándose sus mejillas verdes de reptil.

—¡Sabemos qué le hiciste a Reena! —gritó Greta.

—¡Vamos a demandar a tu familia! —exclamó Becka—. ¡Vamos a hacer que te arresten y toda la escuela va a saber que eres una BRUJA!

—Yo... yo...

No me salían las palabras.

El miedo que sentía se fue tornando en ira. ¡Aquella cámara me estaba arruinando la vida!

La arrojé con todas mis fuerzas contra la pared del fondo del auditorio, y la recogí y la volví a arrojar.

Casi sin aliento, tomé la cámara en mis manos una vez más y la observé.

No tenía el más mínimo desperfecto. Ni un rasguño siquiera.

Di un alarido de rabia e impotencia, abrí la puerta y salí corriendo de allí.

Me encontraba a mitad de camino de la salida cuando sonó mi teléfono celular. Hurgué en mi mochila y lo saqué.

—¡Mamá!

—¡Hola, hija! Quería saber si...

—¡Mamá, cómo me alegro de que me hayas llamado! —dije con voz temblorosa—. Quiero que escuches lo que voy a contarte. ¡No sé qué hacer!

Me recosté contra una pared y presioné el teléfono en mi oreja. Le conté toda la historia. Empecé con lo de Reena. Luego le conté lo que pasó con el brazo de Karla. Le conté todo.

Mamá se quedó en silencio sin decir ni media palabra.

Acabé contándole lo de Greta y Becka, y le dije que me habían echado a mí la culpa de todo y hasta que me habían acusado de ser una bruja.

—Increíble —dijo mamá sin levantar la voz—. Eso es realmente increíble.

—¿Qué puedo hacer, mami? —grité—. ¡Tienes que ayudarme!

—Julie —dijo mi mamá—, sé exactamente qué es lo que tienes que hacer.

16

—¿Sí? ¡Pues dímelo!

—Escribe tu historia, imprímela y entrégasela a tu profesor de escritura creativa —dijo—. Es un relato *excelente*. Muy ingenioso. De verdad.

Me quedé boquiabierta.

—No, mamá, no has entendido nada de nada. Escúchame...

—Lo que más me gusta es la parte sobrenatural —dijo mi mamá—. Por supuesto, a tu papá le gusta más la ciencia ficción, pero yo siempre he dicho que tienes una imaginación asombrosa. Creo que has salido a tu tía Jenny. Tu tía...

Apreté las mandíbulas. Me sentía como si fuera a estallar en mil pedazos.

—No... es... un... cuento —dije lentamente.

—¿Cómo dices? —contestó mi mamá—. Cariño, está sonando el otro teléfono. Aún estoy en el trabajo. A lo mejor cenamos un poco tarde hoy, ¿eh? Un beso, mi amor.

Colgó.

Oí voces. Tres animadoras pasaron corriendo a mi lado con sus uniformes rojos y dorados. Iban ensayando un número a medida que avanzaban por el pasillo.

Parecían estar muy contentas. Me recosté nuevamente en la pared y me quedé mirándolas hasta que desaparecieron por el pasillo.

Nunca me había sentido tan asustada. Había perdido a mi mejor amiga, había herido gravemente a la pobre Karla, que aún seguía en el hospital, y ahora Becka y Greta estaban decididas a poner a toda la escuela en contra mía. Muy pronto todos pensarían que realmente era una bruja.

Un sollozo se escapó de mi boca. Me mordí el labio. No quería llorar. Abrí las puertas de golpe y salí afuera.

Era una tarde gris y fresca. El viento agitaba en el aire algunas gotas de lluvia.

¿Y? Me importaba un rábano el tiempo que hiciera. Todo me daba y me seguiría dando lo mismo hasta que no lograra deshacerme de la cámara maldita.

Me fui corriendo hasta mi casa sin parar. No me detuve en las esquinas. Las casas, los jardines y las calles pasaban junto a mí como una masa gris desenfocada.

Abrí la puerta de la casa y oí la voz de Sammy, que corría a mi encuentro.

—¡Julie! —gritó.

Estaba pálido y tenía una expresión de terror en la mirada.

—¡Ayúdame! —dijo asustado—. ¡Hay una abeja en la casa! ¡Me va a picar!

Cuando Sammy tenía tres años, una abeja lo picó en la nariz. Desde entonces, las abejas le dan terror.

Me agarró las manos y las apretó con fuerza.

—¡Mátala! ¡Mátala!

—Sammy, ¿estás tú solito en casa?

—La Srta. Kellins tuvo que salir.

En ese momento, apareció un enorme abejorro amarillo. Pasó casi rozándole la cabeza a Sammy.

—¡Mátala! ¡Mátala! —gritó mi hermano.

Intenté ahuyentarlo, y la cámara se me cayó al suelo.

Primero, el abejorro ascendió en vertical para luego bajar en picado derechito hacia mi cara.

Lo aparté con las dos manos y se fue volando hacia la cortina.

Al voltearme, vi que Sammy tenía la cámara.

—¡Nooooo! —grité—. ¡Tírala! ¡Te lo pido de favor! ¡Tírala al suelo!

Vi al abejorro salir disparado desde la ventana. Se lanzó hacia mi hermanito.

Le arrebaté la cámara de las manos a Sammy.

Y vi el FLASH.

17

En cuanto salió la foto, Sammy la agarró con las dos manos. Se la puso delante y se quedó mirándola.

—¡Dame eso! —grité.

Traté de quitársela, pero la apartó justo a tiempo.

Tuve un terrible presentimiento.

"¿Qué acabo de hacerle a mi hermanito?"

El abejorro salió disparado por la ventana pero, ¿que me podía importar entonces un dichoso insecto?

—¡Qué gran foto! —gritó Sammy, y se echó a reír—. ¡Qué buena foto tomaste!

Me dio el papel. Lo alcé con la mano temblorosa. Era un primer plano del abejorro. La cara de Sammy estaba totalmente oculta detrás del insecto.

—¡Qué raro! —susurré.

El abejorro parecía enorme, como sacado de

una película de terror, y daba la sensación de que estaba posado en los hombros de Sammy. ¡Como si fuera su cabeza!

¡FLASH!

—¡Eh! —grité.

Sammy volvía a tener la cámara en sus manos.

"¡Ay, no!"

Empezó a salir otra fotografía.

—¿Acabas de sacarme una foto? —pregunté aterrada.

—Era mi turno.

—¡Idiota! —grité.

Él empezó a bailar y a reír a mi alrededor.

—¿Qué te pasa, Julie? —dijo—. Vamos a ver como ha salido.

Se pegó a mí para ver la foto. Al principio pensé que la estaba sujetando al revés, pero no. En la foto aparecía yo... *cayendo de cabeza.*

¿Dónde estaba?

Miré la foto tratando de descifrarla. El fondo estaba totalmente desenfocado, pero podía ver mi cara claramente. Podía verme gritando mientras me precipitaba hacia abajo.

Tuve un ataque de pánico.

—¡No! ¡No! ¡No! —grité.

Agarré la foto y la hice añicos tirando los papelitos por el piso. Entonces me volteé hacia mi hermano y le quité la cámara. Solo entonces me di cuenta.

—¡Sammy!

Su cara estaba oculta. Oculta tras una densa masa de pelo tieso y amarillo.

¡Pelo de ABEJORRO!

Dos delgadas antenas le salían de su peluda cabeza y se movían hacia adelante y hacia atrás. Sammy alzó las manos y empezó a arrancarse el durísimo pelo que le cubría la cara.

—Sammy, ¿puedes hablar? —grité—. ¿Me puedes ver? ¡Di algo!

—*¡BZZZZZZZZZZZZZ!*

18

A la mañana siguiente el Sr. Webb me llamó para felicitarme. Dijo que le había ganado a David y que sería yo quien tomaría la fotografía de grupo de la escuela desde el trampolín más alto de la piscina.

No recuerdo si respondí. Creo que me limité a darle las gracias. Luego colgué.

Estaba demasiado preocupada por Sammy. Mis padres lo habían llevado al hospital, donde había pasado toda la noche.

Un rato más tarde, llamó mi mamá.

—¿Cómo está Sammy? —pregunté.

—Los médicos no saben qué pensar —contestó—. Y Sammy no para de contarles una historia sin pies ni cabeza. Algo sobre una cámara.

"Al menos ha dejado de zumbar", pensé.

—¿Sabes qué? —dijo mamá—. Esas dos chicas de tu clase, Becka y Greta, también están aquí. Las están examinando en la habitación de al lado. Tienen una irritación en la piel o algo por el estilo, como en el cuento que te inventaste. Qué raro, ¿verdad?

Caí de rodillas sobre el suelo. No me había dado cuenta de que me estaba espachurrando el teléfono contra la oreja tan fuertemente que me dolía la cabeza.

Respiré hondo, pero no sirvió de nada.

—Te llamaré cuando tengamos más noticias —dijo mamá, y colgó.

Naturalmente, yo sabía muy bien qué le pasaba a Sammy. Y a Becka. Y a Greta. La culpa la tenía la cámara maldita.

¿Pero quién iba a creerme? Mi mamá seguía pensando que todo era fruto de mi imaginación.

Crucé los dedos y recé para que los médicos hallaran la forma de curar a Sammy, a Becka y a Greta.

La cámara seguía escondida en mi armario, y sabía que esa noche volvería a pasarla en vela pensando en ella.

Durante la noche, a eso de las tres de la madrugada, se me ocurrió un plan. Un plan desesperado para destruir la cámara; para deshacer todo el mal que me había causado. Y, quizás, también para salvar mi propia vida.

Era una idea loca, pero no me quedaba otra opción.

* * *

Miré el reloj de encima de la chimenea. Había llegado el momento de ir a la escuela y sacar la fotografía para el anuario.

"He ganado —me dije a mí misma con amargura—. ¡Menudo premio!"

Recordé la foto que me había sacado Sammy, y me imaginé cayéndome... precipitándome al vacío de cabeza... gritando de terror.

Me abracé a mí misma para dejar de temblar.

¿Se haría realidad esa foto? ¿Caería tal y como aparecía en la imagen desde el trampolín más alto de la piscina?

Deseaba con todas mis fuerzas que mi plan funcionara. Mi vida dependía de él.

19

Era un día radiante y soleado. No había ni una nube en el cielo. La bandera de la entrada de la escuela ondeaba con la brisa de la mañana, que susurraba entre las copas de los árboles.

Llegué al edificio donde se encontraba la nueva piscina, junto al campo de fútbol. Era un edificio alargado, más bien bajo y muy blanco. El sol resplandecía como un metal precioso en las puertas de cristal de la entrada.

Al abrir una puerta noté una bocanada de aire caliente. El griterío de los estudiantes repicaba en las baldosas blancas de las paredes.

Los maestros ya estaban llevando a sus respectivas clases hacia la piscina vacía. Todo el mundo bromeaba y reía.

Suspiré. Sabía muy bien que ese no iba a ser un día feliz para mí. Miré hacia el trampolín más alto. Un escalofrío me recorrió el espinazo.

Seguí con la mirada los peldaños de la escalera metálica que llevaban hasta él. Eran unos peldaños muy estrechos. El trampolín parecía mucho más alto de lo que yo recordaba.

Me vi a mí misma cayendo de cabeza desde arriba. Ya había visualizado el accidente mil veces la noche anterior, pero ahora me parecía mucho más real.

Me quedé allí, helada, con dos cámaras colgándome del cuello. Las voces alegres de los estudiantes emergían de la gran fosa sin agua.

—¡Vamos, todo el mundo a nadar!

—¿Es una carrera?

—Oye, Tanya, ¿lo llevas puesto? ¿Llevas puesto el bikini?

—¿Y el salvavidas?

Alguien me agarró la mano y me dio tremendo susto.

—¡Oye! —grité—. Ah... Hola, Sr. Webb.

—Todo el mundo está listo para la foto, Julie —dijo—. Solo quiero felicitarte de nuevo por ganar el concurso. Sé que vas a sacar una foto maravillosa.

Los dos miramos hacia el trampolín.

"El pobre no tiene ni idea de que me está enviando a mi muerte", pensé.

El Sr. Webb me sonrió e hizo un ademán para que comenzara a subir. Luego hizo un gesto en señal de triunfo.

—¡Buena suerte!

"Sí, desde luego, la voy a necesitar".

Me di la vuelta y caminé rápidamente hacia la

escalera. Al verme, algunos muchachos empezaron a decirme cosas desde la piscina.

—Julie, ¿vas a saltar?

—¡Salta hacia mis brazos, palomita!

—Oye, sácame la foto ahora no sea que no llegues arriba.

"Ja, ja".

David salió de detrás de la escalera. Llevaba tres cámaras colgadas al cuello.

Me miró fijamente. Parecía preocupado.

—Julie, ¿estás *segura* de que quieres hacer esto?

Asentí con la cabeza.

—Ya te lo dije anoche, David —contesté—. Acabo de darme cuenta de que me da miedo la altura.

—Pero has luchado muchísimo para ganar el concurso.

—No importa —dije. Le di un empujoncito hacia la escalera—. Vamos. Adelante. Saca la foto, David. Pásalo bien.

Di un paso atrás y me quedé mirándolo. David se agarró de la barandilla y empezó a ascender por la escalera.

Los estudiantes que se encontraban en la piscina empezaron a dar voces y a señalar con el dedo a David. Las suelas de sus zapatos resonaban en los escalones metálicos. Cada paso era como un martillazo en mis oídos.

El Sr. Webb se acercó a mí a toda prisa. Me puso la mano en el hombro.

—Julie, ¿qué pasa? ¿Por qué va David y no tú?

Suspiré.

—Es una historia muy larga, Sr. Webb.

El maestro no se iba a dar por satisfecho con esa respuesta, pero yo ya había dejado de mirarlo. Ahora tenía los ojos puestos en David, que ascendía sin prisa pero sin pausa. Ya estaba a mitad de camino.

"David estará seguro allí arriba —pensé—. En la foto no aparecía él cayendo. Así que no se caerá".

Mi plan era romper el maleficio de la cámara quedándome abajo.

Si yo no subía al trampolín, la foto no se podría reproducir en la vida real. Quería vencer a la magia de la cámara. Quería evitar que su predicción se cumpliera.

Cuando David llegó al trampolín más alto, se hizo un extraño silencio en la piscina.

—¡Atención! ¡Por favor, escúchenme! —gritó el Sr. Webb—. Miren a David y sonrían. Que nadie se mueva. Desde esa altura los puede fotografiar a todos.

Miré a David desde el pie de la escalera. Trataba de fijar la toma apoyándose en la barandilla metálica.

El Sr. Webb se puso las manos alrededor de la boca y gritó:

—David, ¡cuando diga tres! —Luego miró a todos en la piscina—. Quiero que miren a David y que sonrían. ¡Esta será una fotografía para la historia!

Pero David hizo una de las suyas y empezó a sacar fotos antes de que el Sr. Webb diera la señal. Caminó por el trampolín, alzó la cámara y empezó a disparar. Un minuto después, se arrodilló en el borde del trampolín para ver a los chicos más de cerca. Luego se inclinó bastante hacia delante para sacar a los estudiantes que estaban en la parte menos profunda de la piscina.

Me di cuenta de que estaba aguantando la respiración.

"No se va a caer —me dije—. En la fotografía aparezco yo, no David".

Dejé escapar el aire que tenía aguantado en mis pulmones.

David cambió de cámara y sacó al menos otra docena de fotos más.

Luego, el muy presumido se puso de pie en el borde del trampolín.

—¡Y con esto acabo! —gritó desde arriba—. No quiero aplausos, gracias. Solo dinero.

Todos rieron y comenzaron a gritar cosas.

Y luego, alardeando, David decidió hacer una reverencia, inclinándose mucho hacia adelante.

Cerré los ojos. No podía mirar aquello. ¿Se habrá caído?

No. Cuando abrí los ojos se dirigía hacia la escalera. Al verme sonrió y me saludó con la mano.

Luego dio una voltereta para asombrar al público. Y fue entonces cuando perdió el equilibrio.

—¡Se va a caer! —grité.

21

Todos los estudiantes y maestros gritaron de terror. Algunos cayeron de rodillas y se taparon la cara. Los gritos eran ensordecedores.

Nada más empezar a caer, David extendió los brazos y logró agarrarse a un borde de la tabla del trampolín.

¡Sí! Logró sujetarse.

Yo no podía respirar. No podía mover ni un músculo. Simplemente me quedé mirándolo con las manos en las mejillas, viéndolo colgado por el lateral de la tabla.

¿Cuánto tiempo podría aguantar así?

—¡Ya viene ayuda en camino! —gritó un profesor con un celular en la mano—. ¡Aguanta! ¡Ya vienen a ayudarte!

Me di cuenta de que no tenía opción. Estaba al pie de la escalera. Respiré hondo y agarré los pasamanos.

Las piernas me temblaban. Pero me repuse y empecé a subir. Peldaño a peldaño.

—¡Ya voy! —grité—. ¡David, aguanta!

No sabía si me podía oír con todo el griterío que había.

Subí otro peldaño. Y otro más.

Llegué al trampolín. Podía ver los dedos de David asomando por uno de los lados del mismo.

Me puse a gatas.

—¡Aguanta, David!

El corazón me latía con tal fuerza que me dolía el pecho. Finalmente conseguí llegar hasta donde estaba.

Me asomé por un costado y vi las muñecas de David. Las agarré con fuerza.

—¡Te tengo! —grité—. Balancea las piernas hacia arriba que yo te sujeto. Súbete al trampolín.

David balanceó el cuerpo con fuerza. Un pie golpeó la tabla, pero eso fue todo.

Sentí un tirón tremendo, pero seguí aferrada a él.

Volvió a intentarlo. Esta vez pasó una pierna sobre la tabla.

Di un tirón fuerte. *¡Sí!* Consiguió subir esa pierna por completo.

—Ya estás casi arriba, David. ¡Vamos!

Otro tirón. ¡Sí! Ya tenía el torso sobre el trampolín.

Un tirón más y misión cumplida. Uno más... está vez tiré con todas mis fuerzas.

Tiré tan fuerte que perdí el equilibrio.

—¡NOOOOO! —grité, y sin duda sería mi último grito porque empecé a caer al vacío.

En ese instante un pensamiento me vino a la cabeza:

"¡La cámara ME HA GANADO!"

22

¡Pero no!

David, que estaba tumbado boca abajo en la tabla del trampolín, extendió los brazos y me agarró. Me agarró antes de que cayera.

Me golpeé las rodillas con la tabla, pero logré agarrarme de ella. Sentí un dolor agudo por todo el cuerpo. Pero estaba a salvo.

Los dos estábamos a salvo.

Nos apoyamos el uno en el otro jadeando por el esfuerzo. Finalmente, nos levantamos y caminamos hacia la escalera.

David me sonrió.

—Julie, a lo mejor debemos formar un equipo.

—A lo mejor —dije.

Todos gritaron desde abajo. Estaban asombrados y aliviados, mirándonos a David y a mí. Gritaban y silbaban y aplaudían llenos de felicidad.

Bajé lentamente la escalera de la piscina. Vi al

Sr. Webb corriendo hacia mí con los demás maestros.

Pero yo no quería hablar con nadie. Solo deseaba saber una cosa: "¿Habría conseguido vencer a la cámara maldita?".

Corrí hasta mi casa sin parar. Subí a mi habitación. Estaba desesperada. Y mareada, como si flotase por el aire a dos pies del suelo. Sentía un hormigueo por todo el cuerpo.

Había dejado las fotos de la cámara esparcidas en mi escritorio. Atravesé el cuarto como un cohete y las agarré.

La primera que vi fue la de Reena. La alcé y la estudié detenidamente.

Los ojos rojos habían desaparecido.

La foto de Karla también había cambiado. Mostraba a una chica encestando una canasta.

—¡Sí! —exclamé alzando los puños al aire—. ¡Lo logré!

Dejé la foto en la mesa y tomé la de Becka y Greta. Tenían la piel normal, no verde. Y en la última foto aparecía mi hermano Sammy con la cara normal. ¡Ya no la tenía cubierta de pelos amarillos de insecto!

Me puse a bailar de alegría por mi habitación y volví a alzar los puños en el aire.

¿Había logrado realmente vencer a la cámara?

Agarré el teléfono celular y llamé a mi mamá al hospital.

—¿Y Sammy? —pregunté.

Sabía perfectamente lo que me iba a decir.

—Sammy está bien. Esa extraña pelambre amarilla se le cayó de golpe. Y tus compañeras Becka y Greta también se han recuperado. Tu papá y yo vamos a llevar a Sammy a casa ahora mismo.

Lo sabía. ¡Lo sabía!

En la foto yo había aparecido cayendo de cabeza a una muerte segura. Sin embargo, había conseguido evitar esa maldición. Y así fue como logré romper el encantamiento de la cámara.

Una vez roto el encantamiento, todas las otras maldiciones quedaron deshechas para siempre.

Ahora solo me quedaba una cosa por hacer. Tenía que destruir la cámara para que nadie volviera a usarla nunca más.

Se me ocurrió una idea que quizás pudiera funcionar.

Saqué todo lo que tenía amontonado en mi armario y lo puse sobre mi cama. Luego, saqué la cámara de su escondiste.

Mi idea era la siguiente...

La cámara le hacía cosas terribles a todo lo que fotografiaba. Así que lo que tenía que hacer era que se fotografiara a sí misma... ¡para que se hiciera algo terrible *A SÍ MISMA*!

Muy sencillo, ¿verdad?

Estaba convencida de que funcionaría.

Puse la cámara encima de la cómoda y enfoqué el objetivo hacia el espejo.

Comprobé el ocular. Perfecto. La cámara estaba lista para sacar una foto de sí misma en el espejo.

Ahora solo tenía que asegurarme de que yo no saliera en la foto.

Saqué una percha de metal del armario y la estiré hasta dejarla casi recta.

Luego me eché a un lado y hacia atrás. No quería que mi reflejo apareciera en el espejo.

Lenta... muy lentamente... extendí el alambre de la percha hacia la cámara... y lo bajé hacia el obturador.

¡FLASH!

¡Sí! La cámara se había fotografiado a sí misma.

¿Funcionaría mi plan?

Aguanté la respiración y saqué el cartón que salía de la ranura. Me lo acerqué a la cara y lo miré detenidamente.

—Vamos... vamos...

Y entonces...

"¡Ahhh!"

Me quedé mirando la foto. ¿Por qué veía doble?

Miré hacia abajo... ¡y grité!

—¡Ay, nooooo!

Tenía ante mí, sobre la cómoda, DOS cámaras malditas, una junto a la otra.

BIENVENIDO A HORRORLANDIA

BOLETO DE ENTRADA
¡DONDE LAS PESADILLAS SE HACEN REALIDAD!
HorrorLandia

LA HISTORIA HASTA AQUÍ...

Varios niños han recibido unas misteriosas invitaciones. Han sido declarados Invitados Superespeciales al Parque Temático de HorrorLandia para pasar una semana de emociones terroríficamente divertidas. Pero los sustos empiezan a ser **DEMASIADO** reales cuando Slappy, la momia, el Dr. Maníaco y otros villanos empiezan a aparecer.

Dos invitadas superespeciales —Britney Crosby y Molly Molloy— han desaparecido en una cafetería con una pared cubierta de espejos. Los demás chicos las buscan desesperadamente. Los trabajadores del parque —llamados *horrores*— no han sido muy útiles que digamos.

Ninguno excepto Byron. Él les dijo a los chicos que estaban en peligro y prometió ayudarlos a escapar de HorrorLandia.

¿Escapar? ¿Adónde?

Los chicos empiezan a encontrar pistas sobre otro parque temático llamado el Parque del Pánico. Y aunque no saben cómo llegar allí, sí saben que los espejos los ayudarán a resolver el misterio.

No hay ni un solo espejo en todo HorrorLandia. ¿Por qué?

Michael Munroe está decidido a encontrar respuestas y decide llevar a los demás chicos por los túneles prohibidos de HorrorLandia. ¡Pero son descubiertos por los horrores, que los persiguen por las oscuras galerías! Para escapar de sus captores, los chicos sueltan a varios monstruos de sus jaulas.

Ahora Michael también ha desaparecido. Los demás tratan de encontrarlo... y de escapar para siempre de los horrores reales de HorrorLandia.

Julie continúa el relato...

1

Era mi primer día en HorrorLandia y me moría de ganas de empezar a tomar fotos. Había llevado tres cámaras al parque, incluyendo la magnífica cámara digital que me regaló mi papá cuando gané el concurso de fotografía derrotando a David Blank.

Pensé entonces en Sammy. Cuando llegó la invitación superespecial para visitar HorrorLandia se puso como loco. Y a mis padres no les quedó otro remedio que matricularlo en un campamento de verano durante una semana.

Lloró, suplicó y le dio una rabieta porque quería venir, pero no le sirvió de nada.

Yo me alegré de no tener que cargar con él. Lo único que deseaba era encontrarme con los demás invitados superespeciales y pasarla bien. ¡También deseaba tomar *miles* de fotos aterradoras!

Nada más llegar a HorrorLandia abrí mi valija. Luego salí pitando del Hotel Inestable y me dirigí a la Plaza de los Zombis. Era una mañana soleada y luminosa, un tanto húmeda y cálida.

La plaza estaba atiborrada de gente. Había un montón de pequeñas tiendas. Al fondo había un tétrico edificio que parecía un castillo. En un pequeño cartel de la entrada decía: TEATRO EMBRUJADO.

Pasé junto a una larga cola de personas esperando ante un carrito de helado morado y verde. Un letrero anunciaba lo que vendían: HELADO DE MOCOS.

Un trabajador del parque, a los que les dicen horrores, entregaba conos de helado con bolas en forma de nariz humana.

—¡Rico helado de mocos! —gritaba—. ¡Si te gustan, chúpate unos pocos!

Le tomé algunas fotografías. Era muy divertido. Se puso una bola de helado con forma de nariz en el hocico y posó para mí.

Vi una taquilla donde anunciaban que se leía el futuro. Tenía una talla de madera de una anciana vestida de terciopelo rojo con un turbante. El letrero decía: MADAME LE DIRÁ SU FUTURO.

Me acerqué a la taquilla y tomé una fotografía. Pero al mirar la pantalla de la cámara para ver la foto, me llevé una buena sorpresa.

En la foto había un muñeco de ventrílocuo junto al puesto. Un muñeco de ojos grandes, labios rojos y sonrisa malévola. Parecía que nadie lo sujetaba.

"Qué raro", me dije. Miré hacia la taquilla, pero no había ningún muñeco.

Tomé otra foto.

Ahí estaba el muñeco de la sonrisa malévola una vez más. Esta vez tenía una mano levantada, *¡como si me estuviera saludando!*

¿Cómo podía ser? Si salía en la fotografía, ¿por qué no podía verlo ante mí?

Me acerqué a la taquilla, pero un ruido metálico me hizo detenerme en seco. *¡Clang!* ¡Vaya susto! No se me cayó la cámara de milagro.

Me volteé de golpe y vi una rejilla en el suelo en medio de la acera. La rejilla se abrió de golpe y se asomó una cabeza calva.

Al principio pensé que se trataba de un hombre. Tenía los ojos de un azul intenso. Ojos humanos. Pero luego le vi las orejas, que eran puntiagudas, como de cerdo, y que le salían de la coronilla.

Lo vi salir de la rejilla, incrédula y casi sin aliento. Tenía el cuerpo rechoncho y cubierto totalmente de una densa pelambre, como un gorila.

¿Qué hacía una cabeza humana en un cuerpo de animal?

Salió del orificio del suelo y ayudó a salir a otra criatura similar. Similar no... ¡idéntica! Ambos tenían las patas almohadilladas con talones curvados, como si fueran osos.

Rechinaban los dientes y rugían, y escupían unos espumarajos amarillentos que se encharcaban en el pavimento.

Algunas personas gritaron, otras hulleron. Dos niñas pequeñas empezaron a llorar. Sus padres las alzaron y salieron corriendo con ellas.

Otras personas se quedaron mirando a aquellas horrendas criaturas y se empezaron a reír.

Tenía que ser una broma de HorrorLandia, ¿no?

Alcé mi cámara y tomé varias fotos. Apreté el botón una y otra vez hasta que me di cuenta de que me estaban mirando a mí. Empezaron a rugir... Alzaron sus talones... ¡y corrieron hacia mí!

Me quedé paralizada con la cámara colgando de la muñeca.

Y entonces, antes de que pudiera reaccionar, oí unas voces que gritaban:

—¡Atrás! ¡Atrás!

Cuatro horrores se interpusieron entre los monstruos y yo. Los horrores llevaban unas varas puntiagudas.

—¡Atrás! —gritaron—. ¡Vamos! ¡Muévanse hacia atrás!

Alzaron sus varas ante aquellas criaturas peludas, que rugían enfurecidas y soltaban zarpazos.

Uno de los monstruos le arrebató la vara a uno de los horrores y la arrojó contra la multitud.

Varias personas salieron corriendo despavoridas.

Alcé la cámara y tomé unas cuantas fotografías más.

"Esto tiene que ser algún tipo de espectáculo —pensé—. Estos monstruos no pueden ser de verdad".

Pero los horrores parecían estar muy asustados. ¿Por qué? ¿Acaso eran tan buenos actores?

Los rugidos de aquellas bestias se escuchaban sobre los gritos de la multitud. Los horrores pinchaban a las bestias con sus varas.

—¡Atrás! —gritaban—. ¡Atrás! ¡VAMOS!

—¡Bajen ahí ahora mismo!

Yo no paraba de tomar fotografías.

Uno de los monstruos se llevó las zarpas a la barriga y gimió de dolor. Retrocedió hacia la rejilla de donde había salido en el suelo y desapareció por el agujero. Los horrores tardaron varios minutos más en hacer retroceder a la otra bestia.

Luego cerraron de golpe la rejilla. Dos horrores más acudieron en su ayuda. Parecían muy alarmados.

—¡Los monstruos siguen sueltos allí abajo! —gritó uno de ellos—. ¡Es imposible meterlos en sus jaulas!

—Esos chicos han ocasionado un tremendo problema —gritó su compañero—. ¡Tenemos que encontrarlos! ¡Vamos!

"Si todo esto es un número para asustar a la gente —pensé—, lo están haciendo de maravilla".

Me largué de allí, pero no tardé en darme cuenta de que los seis horrores me estaban mirando. Antes de que pudiera reaccionar, corrieron hacia mí y me rodearon.

Un horror enorme de color verde fosforito y ojos amarillos extendió la mano.

—Dame la cámara —rugió con cara de pocos amigos.

Me reí.

—No lo estarás diciendo en serio, ¿verdad? —dije.

Sus ojos sulfurosos se tornaron oscuros.

—No es un ninguna broma. Dame tu cámara... ¡ahora mismo!

—Esto no tiene ninguna gracia —dije—. No se pueden llevar mi cámara.

Me dispuse a meter la cámara en la mochila, pero el horror me la arrebató de un zarpazo. La correa me dio un latigazo en la muñeca.

—¡Ay! —grité.

El horror empezó a manosear la cámara para abrirla. Le sacó la tarjeta de la memoria y la arrojó bien lejos. Luego me devolvió la cámara.

—Que tengas un buen día —dijo, y se marchó con el resto de sus compañeros. Podía oírlos murmurar cosas sobre los monstruos.

Cerré la cámara y la metí en mi mochila. El corazón me latía con fuerza. Estaba enojadísima.

"No tienen derecho. Estamos en un país libre", me dije a mí misma

Por fortuna, llevaba otras dos cámaras en la mochila y montones de tarjetas de memoria. Mientras sacaba otra cámara, vi un grupo de chicos de mi edad que cruzaba la plaza corriendo. Venían hacia mí.

Debían llevar corriendo un buen rato pues tenían la cara roja y sudorosa y jadeaban.

Uno de ellos, de pelo negro y muy alto, se me acercó

—¿Has visto a un muchacho corpulento y grandulón con cara de bulldog? —me preguntó.

—No —respondí—. ¿Qué pasa? ¿Se ha perdido?

Enseguida llegó el resto del grupo.

—No sabemos dónde se ha metido —dijo una chica—. Y estamos muy nerviosos.

—¿Has visto a los monstruos? —preguntó otro muchacho.

—Sí —respondí—. Parecían reales.

—Es que *son* reales —dijo el muchacho.

Los miré con incredulidad.

—¿Monstruos de verdad? —dije—. ¡Vamos, hombre!

—¡No es una broma! —insistió una de las chicas. Me dijo que se llamaba Abby—. ¿Eres otra invitada superespecial?

Asentí con la cabeza y me presenté.

—Acabo de llegar —dije—. Los estaba buscando.

Todos se presentaron rápidamente. Eran siete en total.

Intenté memorizar sus nombres: Billy... Sheena... Matt... Carly Beth... Sabrina... Robby... y Abby.

Esta última me agarró del brazo.

—Tienes suerte de que diéramos contigo.

Fruncí el ceño.

—¿Por qué? ¿Qué pasa?

Abby no me soltaba el brazo.

—Tenemos que salir de este parque —dijo—. Han desaparecido dos chicas. Y ahora tampoco encontramos a Michael Munroe.

El chico alto llamado Matt miró hacia atrás. Luego me miró a mí.

—Si eres una de los nuestros, tú también estás en peligro, Julie.

Los chicos hablaban en serio. No era ninguna broma.

—¿Qué clase de peligro? —pregunté—. Se supone que estamos en un parque de atracciones. Un sitio inofensivo, ¿no?

Antes de que pudiera responder, Carly Beth señaló con el dedo hacia el otro extremo de la plaza.

—Adivinen quién viene por ahí —dijo—. ¡Dos agentes de la Policía Monstruosa!

Me di media vuelta y vi a dos horrores con uniformes negros y anaranjados y con chapas de identificación. Venían corriendo hacia nosotros. Los chicos salieron disparados hacia el Teatro Embrujado. Abby se dio media vuelta. Al verme ahí de pie y sin saber qué hacer, me hizo un gesto para que los siguiera.

Me sacaban mucha ventaja, así que tuve que

apretar el paso. ¿Por qué tenían tanto miedo de los policías?

Tenía un millón de preguntas, pero en ese instante lo único que me preocupaba era no perder al grupo entre la multitud.

Giraron abruptamente, pasaron entre dos carritos de supermercado y se colaron por un hueco que había en una pared de cemento.

Por mi parte, pasé por encima de un carrito para bebés. La mochila rebotaba en mi espalda con cada salto. Abby fue la última en desaparecer por el agujero. Yo la seguí.

Me encontré en un estrecho y oscuro pasadizo. La luz era tan pálida que apenas veía mi sombra. Era imposible saber dónde terminaba el túnel. Apenas veía dos palmos por delante de mí.

Oí voces y pisadas. Me incliné hacia adelante con una mano en la pared del túnel.

—¡Ahhhhhh!

Oí un grito de terror. El grito de una chica. El corazón me dio un vuelco y me detuve. Toqué la pared con la mano.

Otro grito. Y otros dos más. Esta vez eran voces de chicos. De dos chicos.

Me tapé los oídos. Los gritos parecían venir de todas partes... delante de mí... detrás de mí... encima de mí.

—¡Eh! ¡Abby! —grité—. El eco de mi voz rebotaba por el túnel—. ¿Están por ahí? ¿Carly Beth? ¿Matt?

Silencio.

—¡AAAAAAAAAAHHHHH!

Un larguísimo alarido proferido a escasa distancia me obligó a taparme los oídos. Los gritos eran cada vez más frecuentes, más desgarradores... ¡MÁS ATRONADORES!

Seguí avanzando. Un poco más rápido que antes. Estaba desesperada por salir de aquel sombrío túnel. ¿Sería mucho más largo?

Los gritos ya eran insoportables. Me lastimaban los oídos. Sentía palpitaciones en las sienes y el corazón me latía con fuerza en el pecho.

Llegué a una curva. Una tenue luz amarillenta se cernía sobre mí. Más adelante, al fondo, pude distinguir siluetas humanas.

Los ensordecedores gritos me seguían desde el otro extremo del túnel. Y luego sentí algo pegajoso en la frente. Me lo quité con la mano... era una lombriz larga y viscosa. Sentí el impacto de otra lombriz en el hombro. Muerta de asco, me arranqué otra más del pelo.

Miré hacia arriba. Vi lombrices cayendo del techo. Cientos y cientos de lombrices.

Me las arranqué del cuello, del pelo. Una me cayó en la boca. La escupí entre náuseas y arcadas.

"Los chicos no bromeaban —pensé—. Hay algo de este parque que no me cuadra. ¡Todo esto da DEMASIADO miedo, y es demasiado REAL para ser divertido!"

Salí corriendo, atravesando la pálida luz del túnel. Mis zapatos golpeaban el suelo de cemento. Me resbalé y caí de bruces en un charco de lombrices.

Me las quité a manotazo limpio de los hombros, del pelo y de las piernas. Y seguí corriendo. Corrí a ciegas por el larguísimo túnel entre lombrices y gritos ensordecedores.

Corrí hasta que una voz singularmente aterradora hizo que me detuviera y me quedara sin aliento. Reconocí el grito porque...

¡ERA MI PROPIA VOZ!

4

Sentí un temblor de pánico y se me cortó el aliento.

Helada de miedo, perdida en la oscuridad, me quedé escuchando mi propia voz aterrada.

Entonces me acordé. Me acordé de que un horror me pidió que gritara en un micrófono a la entrada del parque. Me dijo que era para que pudieran identificarme más adelante.

"Entonces... es un chiste, solo es un chiste de HorrorLandia y nada más", concluí.

Me temblaban las piernas pero seguí caminando. Pasados unos segundos vi la luz del sol. ¡Era el final del túnel!

—¡BIEEEEEN! —grité corriendo hacia la luz.

Mis ojos parpadearon para adaptarse al cambio de luz. Me sacudí varias lombrices que aún me quedaban en los hombros.

Empecé a buscar a los demás protegiéndome los ojos con una mano. Ni rastro de ellos.

"Quizás hayan regresado al hotel", pensé. Tenía una necesidad imperiosa de reunirme con ellos para que me explicaran qué estaba pasando realmente.

¿Por qué estaban tan asustados? ¿Por qué estaban tan seguros de que los invitados super-especiales estábamos en peligro?

Di varios pasos hacia el Hotel Inestable hasta que sentí una mano en el hombro.

Al voltearme vi a un horror de aspecto feroz. Su capa morada ondeaba al viento y de su peluda cabeza salían dos pequeños cuernecillos amarillentos.

Eché un vistazo a la chapa de identificación que llevaba en la pechera. Decía BYRON.

—Suéltame —grité.

Pero en vez de soltarme me apretó aun más y me sacudió con fuerza. Acto seguido miró a su alrededor.

—¡Apúrate! ¡No quiero que nos vean! —susurró, y sin más me empezó a arrastrar hacia el túnel.

—¡Suéltame! ¿Qué estás haciendo? —grité—. ¿Para qué me llevas al túnel?

—Te digo que me sueltes —insistí tratando de zafarme de él. Pero era demasiado fuerte.

Me arrastró hasta la oscuridad. Los estridentes gritos volvieron a sonar con fuerza. ¡Yo estaba a punto de gritar!

—No temas —dijo Byron—. Estoy aquí para ayudarte.

—¿Pa... para ayudarme? —alcancé a decir.

Me soltó el brazo y me puso algo en la mano.

—Esto te servirá para escapar —dijo.

—¿Escapar? —pregunté parpadeando—. ¡Escapar de *qué*!

Byron no dejaba de mirar a la entrada del túnel. Estaba claro que tenía miedo.

—Tienes que escapar de HorrorLandia —dijo—. Aquí no estás a salvo.

—Eso fue lo que dijeron esos chicos —respondí—, pero no entiendo...

Me interrumpió con un ademán.

—No te han traído aquí por casualidad —dijo—. Tienes que irte al otro parque.

—¿Eh? —dije consternada—. ¿Al otro parque? ¡Pero si acabo de llegar a este parque!

Byron negó con la cabeza.

—Escúchame, Julie. Si logras ir al otro parque estarás a salvo. Díselo a los demás. Diles que voy a intentar ayudarlos.

—No sé de qué me estás hablando —respondí—. ¿Por qué necesitan ayuda?

Me di cuenta de que no me estaba mirando. Tenía la mirada puesta en la entrada del túnel. Al voltearme vi a dos horrores que venían corriendo hacia nosotros a toda velocidad.

—Debes darte mucha prisa —dijo Byron—. ¡Los que te trajeron aquí se están empezando a impacientar!

—Pe... pero...

—Si consiguen llevarte ante El Guardián —dijo Byron—, ¡estarás CONDENADA SIN REMEDIO!

Byron se marchó a toda velocidad. Los dos horrores lo vieron y empezaron a hacer aspavientos y a pedirle que se detuviera. Pero Byron apretó el paso y se ocultó entre la multitud. Al cabo de un rato los dos horrores se dieron por vencidos y dejaron de buscarlo.

Yo salí del túnel y empecé a seguir el camino que lleva al hotel. La cabeza me daba vueltas. De pronto me sentí como si estuviera en una de esas fotos submarinas donde todo está borroso. Las palabras de Byron me repicaban en la mente una y otra vez. Pero no les encontraba ningún sentido.

¿El otro parque? ¿El Guardián?

¿Estaría representando un papel? ¿Como el de los monstruos que salieron del suelo?

¿Estaría hablando en serio?

De pronto recordé que tenía algo en la mano. Era el objeto que me había dado Byron en el túnel.

Respiré hondo tratando de salir del estado de confusión en el que me hallaba. Levanté el objeto para observarlo de cerca.

Era un trozo de papel. Un anuncio o algo por el estilo. El papel servía de envoltorio a un objeto pequeño y redondeado.

Desenvolví el objeto. Me puse el papel en un bolsillo y observé lo que tenía en la mano. Era un pequeño espejo ovalado con un mango corto de color rojo.

"¿Qué tiene de especial este espejo? —me pregunté—. ¿Para qué me habrá dado esto?"

Alcé el espejo a la altura de la cara... y me quedé muda.

—¡Estoy horrorosa! —grité.

Me miré más de cerca. Tenía el pelo enmarañado. Me lo aparté de los ojos y luego me quité otras dos lombrices.

Tenía las mejillas sonrosadas y una raya de mugre me recorría la frente.

"¿Desde cuándo tengo esta pinta? Doy más miedo que un horror —pensé—. Si tuviera una capa y unos cuernos podría trabajar en el parque".

De pronto sentí una fuerte atracción. Sentí que mi cabeza fluía hacia el espejo. Como si me atrajera un poderoso imán.

Cuando me di cuenta, tenía la mejilla aplastada contra el cristal. ¿Sería algún truco de magia?

Si lo era no me hacía ninguna gracia. Estaba empezando a asustarme de verdad. Arrojé el espejo a una papelera de metal, y me marché corriendo a mi habitación para asearme.

—¿Julie? ¡Eh, Julie!

Me detuve al oír la voz de una chica que me llamaba. Al voltearme vi a Abby haciendo aspavientos para llamar mi atención.

Estaba con los demás chicos en una pequeña zona de césped junto al Teatro Embrujado. Matt y Carly Beth estaban sentados sobre el respaldo de un banco. Los demás estaban sentados en la hierba.

Todos hablaban al mismo tiempo, pero se callaron al verme llegar al trote.

—¿Dónde te metiste? —preguntó Carly Beth.

—Los perdí de vista en el Túnel de los Alaridos —respondí—. ¡Qué lugar más espantoso!

—Pues eso no es nada —dijo Robby.

—No van a creer lo que me ha pasado —dije—. Un horror enorme me arrastró hasta el túnel y empezó a darme todo tipo de advertencias.

Matt se inclinó hacia adelante en el banco. Todo el mundo se me quedó mirando.

—¿Advertencias? ¿Qué te dijo? —preguntó Matt.

Me coloqué junto al banco para poder ver a todo el mundo.

—Se llama Byron —dije—. Lo decía en su chapa de...

—¿Has visto a Byron? —interrumpió Carly Beth—. ¿Dónde?

Todos parecían tensos.

—Se los acabo de decir —dije—. Me llevó al túnel. ¿Lo conocen?

—¡Sigue! —dijo Matt—. Cuéntanos todo lo que dijo.

—Dijo que todos corríamos peligro y que teníamos que ir a otro parque, y me dio esto.

Saqué el papel que tenía en el bolsillo.

Matt y Carly Beth se levantaron de un brinco. Los chicos me rodearon.

—¿Qué es? —dijo Robby.

Desdoblé el papel y se lo entregué. Parecía un viejo anuncio. En la fotografía a color de la parte de arriba aparecía una heladería o algo por el estilo.

Las mesas del lugar tenían manteles de cuadros blancos y azules. Y había espejos en las paredes. Sentados alrededor de las mesas había niños que parecían salidos de otra época. Estaban comiendo unos helados enormes en platos de cristal.

Debajo de la fotografía decía en grandes letras: HELADERÍA STUBBYS. 10 Calle Parque del Pánico.

—¡Esto es increíble! —gritó Matt.

—¿Cómo puede ser? —exclamó la tal Sheena.

Los chicos empezaron a hablar todos al mismo tiempo. Se pasaban la hoja unos a otros, y la miraban asombrados comentando lo increíble que les resultaba aquello.

—No entiendo nada —dije yo—. ¿Puede explicarme alguien qué tiene ese papel de especial?

No me oían, así que volví a repetir la pregunta a todo pulmón:

—¡No entiendo! ¿Les importa explicármelo?

—¡Las chicas desaparecidas! —dijo Billy, el hermano de Sheena—. ¡Están ahí! —dijo golpeando la fotografía con el índice.

—¿En esa heladería? —pregunté.

—Hemos estado allí —dijo Sheena—. Vimos a Britney y a Molly a través de los cristales, pero cuando entramos...

—Cuando entramos habían desaparecido —interrumpió Billy.

—Conocemos esa heladería —dijo Matt—. Pero ese lugar no está en HorrorLandia. Fíjate en la dirección. La Heladería Stubby está en el Parque del Pánico. ¡El otro parque!

Negué con la cabeza.

—Eso no tiene ningún sentido —dije—. ¿Quieren decirme que han estado en *dos parques* al mismo tiempo?

—No —dijo Sheena—. Estábamos en nuestro hotel, el Hotel Inestable, pero la heladería apareció...

—Se materializó ante nosotros de la nada —dijo Billy.

—Puse la mano en ese espejo —dijo Sheena señalando a la foto—. Y se coló hacia adentro. Era un espejo líquido y...

—Sheena se volvió invisible durante un rato —me dijo Matt—. Y luego desapareció como Britney y Molly.

—Creo que me caí dentro del espejo de la heladería —explicó Sheena—. Y aparecí en el otro parque.

—¿Pasaste a través del espejo? —pregunté.

—Los espejos son muy importantes —dijo Matt—. Los espejos son una pista importante. Creemos que esa es la manera de pasar al otro parque.

Me di una palmada en la frente.

—¿Qué hice? —exclamé—. Byron, el horror del parque, ¡me dio un espejo!

—¿Qué te dio QUÉ?

—Me entregó un espejo de mano —dije—. Me dijo que lo usara. ¡Pero no sabía a qué se refería!

—Quiere ayudarnos a escapar de este sitio —dijo Carly Beth—. Julie, hemos estado buscando un espejo por todas partes.

—¡Qué buena noticia! —declaró Billy.

—¿Qué has hecho con él? ¿Lo tienes en tu mochila?

—¡Rápido! ¡Dánoslo! —exigió Robby.

—¡El espejo es nuestro billete hacia la libertad! —dijo Matt apretando los puños en señal de victoria—. ¡Sí! ¡Sí!

Todos se me quedaron mirando. Sentí que se me enrojecían las mejillas.

—Yo... yo... yo... —dije asustada.

Al final no tuve otro remedio que confesar lo que había hecho.

—Lo tiré. No sabía que...

Los chicos suspiraron, gruñeron y negaron con incredulidad. ¡Qué mal me sentía!

Abby me agarró la mano.

—¿Recuerdas dónde lo tiraste? ¿Lo recuerdas?

—Cre... creo que sí —respondí—. Lo tiré en un cubo de basura muy alto. Creo que fue justo a la salida del Túnel de los Alaridos.

—¡Llévanos allí! —dijo Matt.

Me di la vuelta y salí corriendo. Todos me seguían los pasos.

Nadie dijo nada. Deseaba con todas mis fuerzas que el espejo siguiera allí. Acababa de conocer a estos chicos y ya los había defraudado.

Pasamos junto a un puesto de comida que anunciaba GOFRES DE CARROÑA. No aflojé el paso.

Vimos a un horror que repartía colmillos de goma entre un grupo de niños.

—¿Tienes sed de sangre? ¡Pues toma colmillos de goma! —repetía una y otra vez.

Todo parecía transcurrir con normalidad. Pero llevaba menos de un día en el parque y ya sabía muy bien que HorrorLandia no tenía nada de normal. Algo muy raro estaba pasando. Y estaba convencida de que mi vida corría peligro. Peligro de verdad.

Luego me detuve... y proferí un grito de terror:

—¡NOOOOOOO!

Un camión de color morado intenso se había estacionado junto al cubo de basura. Podía oír como la basura se trituraba en su interior.

Un horror con un delantal morado levantó el cubo en el que había tirado el espejo con sus guantes morados. Se lo estaba llevando hacia el camión para vaciarlo en su interior.

—No, ¡por favor! —traté de gritar, pero no me salía la voz—. Por favor.

—¡No! ¡Espere! —gritó Matt—. Se lo ruego, espere un momento. No vacíe ese cubo. ¡ESPERE!

Miré con impotencia como el horror alzaba el cubo de basura... como lo inclinaba sobre la parte trasera del camión... y como lo vaciaba en su interior.

Entonces escuché como se trituraba lentamente la basura.

Nos acercamos al horror mientras volvía a colocar el cubo en su sitio. Se volteó hacia nosotros y se puso una mano detrás de uno de sus cuernecillos.

—Lo siento —gritó—. ¿Decían algo? El ruido del camión no me dejaba oírlos.

—Da igual —dijo Carly Beth con un gesto de frustración.

Suspiré y miré las caras de decepción de mis compañeros.

"Estos chicos deben de pensar que soy una tonta —me dije a mí misma—. Ese horror, Byron, me dio algo valiosísimo y yo lo tiré a la basura".

El horror que había votado la basura se puso al volante y se marchó en su camión. Nos quedamos viendo como se alejaba.

—¿Qué podemos hacer ahora? —preguntó Sheena—. Estuvimos tan cerca.

—Lo siento —dije totalmente avergonzada.

—Bueno, tampoco podemos quedarnos aquí de brazos cruzados sintiendo pena por nosotros mismos —dijo Abby.

—Abby tiene razón —dijo Carly Beth—. Somos ocho en total, ¿no? Pues pensemos en algún plan. Y larguémonos de aquí... ¡ahora mismo!

—Pero, ¿cómo? —inquirió Billy—. Tampoco podemos ir a la salida y largarnos sin más.

A Matt se le iluminó el rostro y esbozó una gran sonrisa.

—¿Y por qué no? —exclamó—. ¿Qué nos impide largarnos por la salida principal? ¡Es una idea genial!

Matt le dio una palmada en la espalda a Billy, pero este frunció el ceño.

—No lo dirás en serio, ¿verdad?

—Lo digo *totalmente* en serio —respondió Matt—. Vamos a salir por el mismo lugar por donde entramos. Así de fácil.

—De eso nada —dijo Carly Beth—. Los horrores han hecho todo lo posible por tenernos encerrados aquí dentro.

—Sí, pero tres de nosotros ya han logrado escapar de HorrorLandia —dijo Robby—. Molly, Britney y Michael. Se han largado al otro parque, ¿verdad?

—Pues la verdad es que no sabemos dónde están —dijo Sabrina—. Puede que estén en el otro parque, pero también puede ser que no estén allí.

Mientras discutían sobre qué hacer, me quedé mirando la Plaza de los Zombis. Había dos agentes de la Policía Monstruosa con sus uniformes negros y anaranjados recostados en la fachada de una tienda de recuerdos. El letrero de la tienda decía: TRIPAS, ETC.

¿Nos estaban mirando?

Carly Beth también los vio y se puso a temblar.

—Miren —dijo—. No nos sentiremos seguros hasta que no logremos escapar. Así que lo mejor es que vayamos a la puerta principal y nos larguemos.

—Es verdad —dijo Matt—. Al menos hay que intentarlo. Quizás podamos escabullirnos sin que nos vean.

—Por supuesto —dijo Billy—. Ya se nos ocurrirá una manera de distraer a los guardias. Luego será cuestión de salir corriendo a toda pastilla y no parar.

—Apuesto lo que sea a que nuestros teléfonos celulares funcionan fuera de este parque —dijo

Abby—. Podremos llamar a nuestros padres. Podremos pedir ayuda.

Todo el mundo empezó a hablar al mismo tiempo. Algunos no creían que fuera posible salir por la puerta principal del parque como si nada, pero todos estuvimos de acuerdo en que merecía la pena intentarlo.

Empezamos a andar rápidamente evitando la plaza. Pasamos junto al hotel y luego seguimos la senda que lleva a la salida.

Miraba continuamente por encima del hombro para ver si nos seguía algún policía. No vi a ninguno.

Era mediodía y no había mucho público en la entrada del parque. La mayoría de la gente llega temprano y se marcha bien entrada la tarde.

Nos acercamos y vi cuatro torniquetes por los que podríamos salir del parque. Un cartel con una flecha inmesa decía: SUPERVIVIENTES, POR AQUÍ.

Había dos pequeñas taquillas junto a los torniquetes. Una de ellas estaba vacía. En la otra había un horror leyendo una revista.

El corazón me latía con fuerza y sentía las manos frías. Sabía que los demás también estaban nerviosos.

—Vamos, sigan andando —susurró Carly Beth.

Pasamos junto al horror, que siguió leyendo su revista mientras nos acercábamos a los carteles.

—Miren todos hacia delante, hacia delante —susurró Carly Beth—. No se detengan. No miren atrás. ¡Vámonos!

Contuve la respiración. Seguimos caminando juntos. Matt fue el primero en llegar a los torniquetes. Alzó las manos para salir por uno de ellos.

Y detrás de nosotros, en la taquilla, se oyó la voz enfurecida del horror.

—¡Eh! ¡Ustedes! ¡QUIETOS AHÍ!

8

Estábamos atrapados.

Matt gruñó y se apartó del torniquete.

—Ya me parecía a mí que esto era demasiado fácil —susurró.

Nos dimos la vuelta y vimos al horror que venía disparado hacia nosotros. Era enorme. Fuertísimo. Tenía una panza inmesa que a cada zancada rebotaba ante él como una pelota gigante.

Su pelambre era densa. Sus cuernos eran oscuros y alargados. Nos miró con los ojos inyectados en sangre.

—¡Quieto ahí todo el mundo! —exclamó con su vozarrón—. ¡Que no se mueva nadie!

"Estuvimos a punto de lograrlo", pensé.

Podía ver al otro lado de los torniquetes largas filas de autos estacionados.

El horror se interpuso entre nosotros y los torniquetes. Tenía los puños cerrados.

Quise ver como se llamaba, pero su pelo largo tapaba la chapa de identificación.

Di un paso atrás. El corazón me palpitaba aun más rápido. ¡Ese tipo me daba pánico!

—¿Se van de aquí? —preguntó con una voz profunda—. ¿Creen que dejamos escapar *con vida* a nuestros visitantes?

Nos quedamos mirándolo en silencio. Luego le dio una palmada a Billy en la espalda y soltó una carcajada.

—Era una broma —dijo—. Creo que te he dado un buen susto, ¿eh?

—Estooo, yooo... —dijo Billy asustado.

El horror se sacó un pequeño objeto del bolsillo.

—Si se quieren ir es mejor que les ponga un sello en la mano —dijo—. Ya saben, no sea que luego quieran regresar y no puedan volver a entrar.

¿Un sello en la mano? Todos nos quedamos boquiabiertos.

Nos pusimos en fila. El horror preparó su matasellos de madera y, uno a uno, nos fue poniendo una H morada en la mano derecha.

—¡Espero que lo hallan pasado HORRIPILANTEMENTE bien! —dijo.

Sin pensarlo dos veces, Matt empujó una barra del torniquete que tenía delante y pasó al otro lado. Una vez fuera salió corriendo hacia el estacionamiento.

Carly Beth fue la siguiente. Sabrina salió justo detrás.

Uno a uno, todos fuimos saliendo por aquel torniquete.

Yo fui la última. Al llegar al estacionamiento miré hacia atrás para ver qué hacía el horror. Nada. Había regresado a su taquilla.

Nos mantuvimos juntos mientras nos acercábamos a una hilera de autos estacionados. Cuando perdimos de vista la entrada del parque, Billy dio un salto de alegría.

—¡Chévere! —exclamó.

Billy y su hermana Sheena alzaron los puños al aire.

Todos rompimos a reír al mismo tiempo. ¡Qué alivio!

Carly Beth tenía una enorme sonrisa en el rostro.

—No lo puedo creer —dijo—. ¡Estamos fuera! ¡Lo hemos conseguido! ¡Y fue un paseo!

Hacía muchísimo calor y el sol abrasador resplandecía sobre las interminables hileras de autos.

Matt miró a su alrededor.

—¿Ahora qué? —dijo.

Hurgué en mi mochila en busca de mi teléfono celular. Lo saqué y lo abrí.

Meneé la cabeza y alcé el teléfono para que lo vieran los demás.

—No hay señal —murmuré.

Robby se quedó mirando la pantalla de su teléfono.

—A mí tampoco me aperece ninguna barra. Supongo que habrá que alejarse un poco más.

Matt dio un manotazo en un auto.

—¿Dónde se ha metido la gente? A lo mejor podemos pedir a alguien que nos lleve en su auto hasta el pueblo más cercano.

—Me parece buena idea —dije—. Y cuando lleguemos... ¡ay! —grité.

Sentía una sensación extraña, una especie de hormigueo en la mano derecha que se fue convirtiendo en escozor, leve al principio, insoportable después.

Me rasqué, pero no sirvió de nada.

Me miré la mano.

—¡Ay, no! —grité—. ¡Miren!

Alcé la mano.

—La H morada que nos puso el horror en la mano... ¡está CRECIENDO!

No podía apartar la mirada de mi mano. No podía creerlo.

Las rectas de la H crecían sin parar. Se extendían por el envés de la mano.

—¡Ah! —gritó Sabrina—. La mía también.

—¡Y la mía!

—¡Ay, ay, ay, ay! ¡Cómo pica!

Al cabo de unos segundos todos estábamos rascándonos las manos y contemplando con horror como crecían los trazos morados de la H en nuestras manos.

Y luego... las rectas empezaron a brotar de la mano, como finos tallos morados. Brotaron de la piel y se empezaron a descolgar hacia afuera.

Agarré aquellos tallos colgantes. Envolví los dedos a su alrededor y di un tirón fuerte para arrancarlos.

—¡AAAYY! —grité.

Estaban adheridos a mi piel. Colgaban como lianas selváticas, y se extendían buscando alguna superficie a la que aferrarse, creciendo y haciéndose cada vez más gruesos.

—¡Parecen SERPIENTES! —grité—. ¡Serpientes de piel!

Aquellos tallos se enredaban sobre sí mismos

en el aire, elevándose más y más, como si quisieran llegar al sol.

—¡Auxilio! ¡Socorro!

—¡No me los puedo quitar! ¡AAAY!

Intenté agitar la mano de arriba a abajo. Tiré de los tallos con fuerza. Pero eran como cables de acero; como cables que no dejaban de crecer.

Todos estábamos gritando, agitando las manos, tratando de combatir el crecimiento incesante de aquellos tallos. Pero resultaba imposible contenerlos.

¡Crecían a una velocidad asombrosa! Los brotes que surgieron de mi mano debían medir seis pies al menos.

Se alzaban verticalmente y se dejaban caer. Y luego empezaron a envolverme. Empezaron a dar vueltas alrededor de mi cuerpo y a apretar con fuerza como una goma elástica.

Apretaban... y apretaban...

—¡SOCORRO!

—¡POR FAVOR!

No parábamos de dar gritos, tratando de zafarnos de aquellas enredaderas asesinas que surgían de nuestras propias manos.

Sentí que me envolvían todo el cuerpo... y empezaron a reptar hacia arriba... hasta mi cabeza. Me costaba ver.

Me di cuenta de que los tallos nos estaban juntando a los ocho, que permanecíamos atrapados en su entramado.

Apretaban más y más fuerte.

No podía moverme. Apenas podía respirar. Apretaban... y apretaban...

"¿No nos va a ayudar nadie? ¿Nos vamos a ahogar aquí? ¿Es esto... el FINAL?", pensé.

CONTINUARÁ EN...

NO. 9 BIENVENIDO AL
CAMPAMENTO DE LAS SERPIENTES

ARCHIVO DEL MIEDO No. 8

PM
S
Z BL
H
H
HorrorLandia

MEMORANDO

Para: Todo el personal de Merca Mugre
De: Sr. Pew K. Latte
Re: Normas de Merca Mugre

Acaban de comunicarme que algunos trabajadores de Merca Mugre no están siguiendo las normas antisanitarias de HorrorLandia.

Por favor, revisen estas normas de manera que los carritos permanezcan sucios, nocivos y peligrosos.

- Cada mañana, acepten los envíos de Comida Bacteriana Inc.

- Se espera un aumento de demanda de larvas y gusanos. Mantengan reservas suficientes.

- Si estornudan encima de la comida, limítense a apartar las babas con el puño de la camisa.

Si tienen alguna pregunta improvisen lo que sea.

¡Conecta con el Mapa No. 12!
TÚNEL DE LOS
alaridos

El
CORRAL
Chilla hasta morir
PREMIOS
GOFRES
DE
CARROÑA
MAPA
#8
Conecta con el Mapa No. 1

Sobre el autor

Los libros de R.L. Stine se han leído en todo el mundo. Hasta el día de hoy, se han vendido más de 300 millones de ejemplares, lo que hace que sea uno de los autores de literatura infantil más famosos del mundo. Además de la serie Escalofríos, R.L. Stine ha escrito la serie para adolescentes Fear Street, una serie divertida llamada Rotten School, además de otras series como Mostly Ghostly y The Nightmare Room y dos libros de misterio, *Dangerous Girls*. R. L. Stine vive en Nueva York con su esposa, Jane, y Minnie, su perro King Charles spaniel. Si quieres saber un poco más sobre el autor, visita www.RLStine.com.

JUSTICE LEAGUE

You Choose Stories: Justice League
is published by Stone Arch Books,
A Capstone Imprint
1710 Roe Crest Drive
North Mankato, Minnesota 56003
www.mycapstone.com

STAR40189

Cataloging-in-Publication Data is available
on the Library of Congress website.
ISBN: 978-1-4965-6553-2 (library binding)
ISBN: 978-1-4965-6557-0 (paperback)
ISBN: 978-1-4965-6561-7 (eBook)

Summary: Lex Luthor is holding an illegal
auction for the cruelest criminals around,
and the super hero Metamorpho is up for bid!
Can you help the Justice League rescue their
teammate and bust up Luthor's evil scheme to
sell *The Ultimate Weapon*?

Printed in the United States of America.
000809

DC SUPER HEROES
YOU CHOOSE
JUSTICE LEAGUE
THE ULTIMATE WEAPON
written by
Matthew K. Manning
illustrated by
Erik Doescher
STONE ARCH BOOKS
a capstone imprint

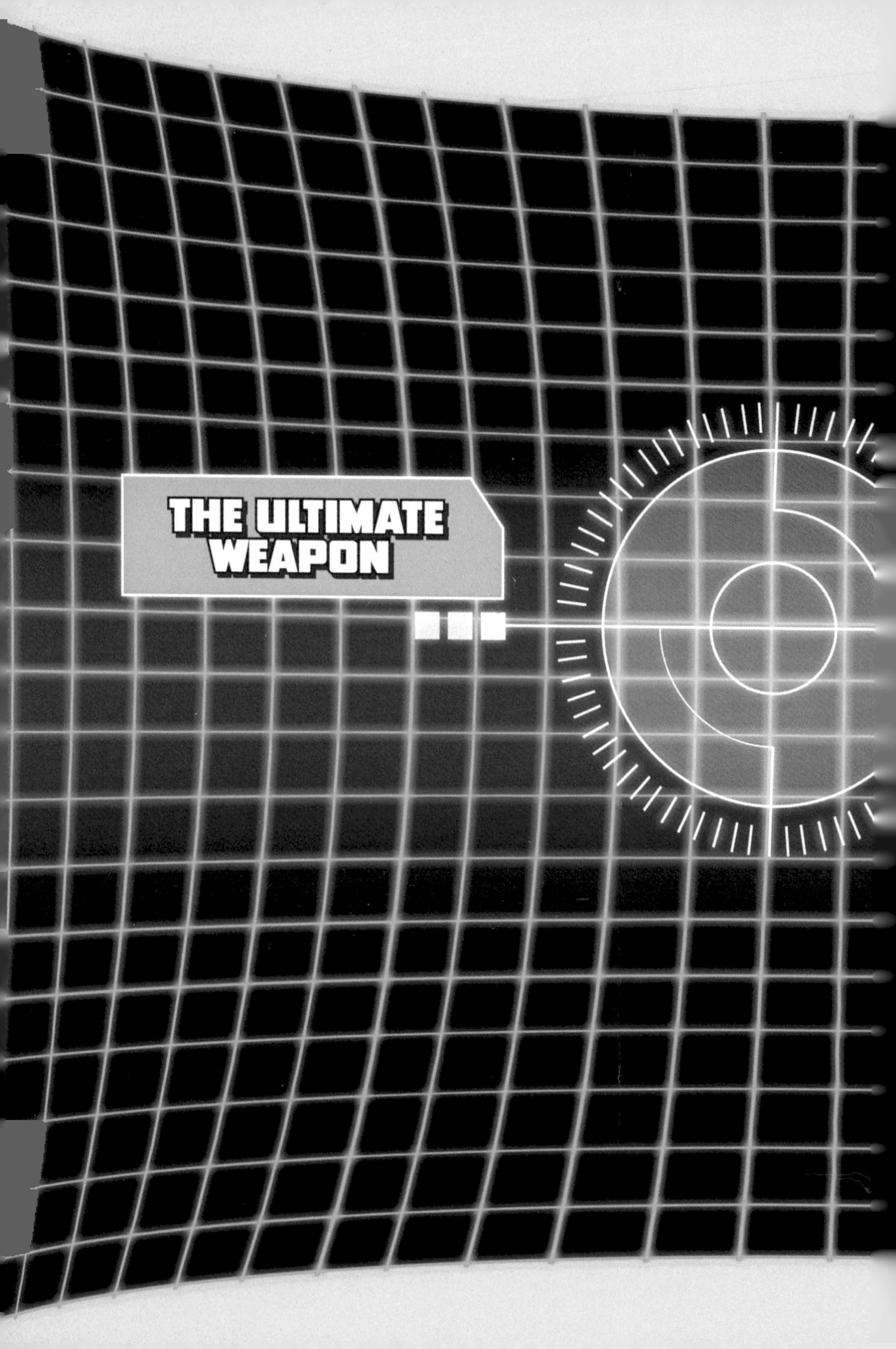
THE ULTIMATE
WEAPON

Billionaire and criminal mastermind Lex Luthor is holding an illegal auction for the worst super-villains around, and Justice League hero Metamorpho is up for bid! Only YOU can help Batman, Wonder Woman, and Aquaman rescue their teammate and bust up Luthor's evil scheme to sell *The Ultimate Weapon.*

Follow the directions at the bottom of each page. The choices YOU make will change the outcome of the story. After you finish one path, go back and read the others for more Justice League adventures!

"If this is so important, where's Batman?" Aquaman says. His voice is impatient.

Batman sent out the order to meet on this Gotham City rooftop. As the king of the underwater city of Atlantis, Aquaman isn't used to taking orders from anyone. He also isn't used to waiting, which is what he and Wonder Woman have been doing for the last five minutes.

Wonder Woman looks across the dark rooftop at her teammate. "Batman has been here for three minutes," she says.

"What?" says Aquaman.

Wonder Woman nods toward the rooftop's stairwell. Aquaman narrows his eyes as a shadow moves in the darkness.

"It's time," Batman says, stepping into the moonlight.

"How—" Aquaman begins to ask.

"Trade secret," Batman says.

Turn the page.

Aquaman watches Batman walk to the edge of the rooftop. The Sea King is still confused. With his enhanced vision, he can see into the darkest parts of the ocean. Yet he couldn't spot this man in a Batsuit hiding just a few feet away from him.

"There," Batman says suddenly.

Down on the street below, a man in a brown suit with a matching bowler hat walks out the back exit of a store. Aquaman doesn't recognize him. But Batman seems to.

"Clock King," Wonder Woman whispers. Apparently she knows the man as well.

Batman doesn't say anything. He just shoots his grapnel and swings to the next building.

"You think he's ever going to tell us why we're here?" Aquaman says to Wonder Woman.

She simply smiles and then leaps off the roof.

Aquaman follows behind. He and Wonder Woman have no trouble keeping up with Batman. They both have super-strength. They easily jump from building to building.

A few dozen rooftops later, Batman stops. Wonder Woman and Aquaman land next to him.

"We're here," the Dark Knight says.

Aquaman looks over the building's edge. Clock King stands in an alleyway. He nervously glances both ways down the small street. The villain is checking to see if anyone has followed him.

Unfortunately for Clock King, he doesn't think to look up. Instead, he knocks on the steel door in front of him. A slot in the door slides open.

"Chemistry," says Clock King.

Click. The door unlocks.

"Batman," Wonder Woman says in a stern voice. "What's this all about? Since when is someone like Clock King worth calling in the Justice League?"

"Lex Luthor is auctioning something off to criminals tonight," Batman explains. "Clock King was invited."

"So what's up for bid?" Aquaman asks.

Turn the page.

"My sources only say that Luthor is calling it 'the ultimate weapon,'" Batman replies.

"That can't be good," says Wonder Woman.

"No," says Batman. "So we better get dressed for the occasion."

He opens his cape to reveal a duffel bag.

Aquaman stares at it. First he didn't see Batman on the roof. How did he not notice that his teammate was carrying such a large bag?

Batman sees Aquaman's confused look. "Trade secret," he says again. He reaches into the bag and pulls out bundles of clothes for each of them.

A few minutes later, Wonder Woman steps out from behind the building's chimney. Only she no longer looks like her heroic self. She's wearing the purple and black uniform of the Green Lantern villain known as Star Sapphire.

"You're too tall," says Batman. "But they won't notice."

"I can't believe you're making me wear this," says Aquaman as he comes over.

The Sea King is now in the black and gray uniform of one of his greatest enemies, Black Manta. His voice sounds electronic underneath the big helmet.

"We're all making sacrifices," says Batman.

He steps into the light to reveal his own disguise. He's dressed in the half black, half white suit of Two-Face. Batman's makeup is perfect, down to the most minor details of the villain's half-scarred face.

The transformation is almost unbelievable. Wonder Woman has to hold in a gasp. Aquaman doesn't manage to do the same.

The three disguised super heroes jump down into the dark alleyway.

Batman knocks on the steel door. "Chemistry," he says.

The slot slides open to reveal a pair of dark eyes. But the eyes don't see the Dark Knight. They see Two-Face, Star Sapphire, and Black Manta.

Click.

Turn the page.

Batman opens the unlocked door. He and his teammates walk down a dimly lit hallway until they enter a large room. It's crowded with some of the biggest names in the super-villain world.

The Joker. Mr. Freeze. Captain Boomerang. The Riddler. Cheetah. Trickster. Captain Cold. And many more.

"Do I have an opening bid on the ultimate weapon?" says Lex Luthor from behind a podium on the stage.

The villain gestures to the tall tank beside him. It's full of green liquid. Inside floats a body.

"Metamorpho!" Aquaman whispers. "They've captured our teammate and put him up for bid!"

Batman shares his surprise. This situation just got serious. Metamorpho can shift his body into any combination of elements found in the human body. He's one of the most dangerous super heroes alive. The League needs to rescue their teammate—fast.

If the Justice League members attack, turn to page 13.
If they wait to catch the highest bidder, turn to page 14.
If they bid on Metamorpho, turn to page 16.

Aquaman immediately leaps onto the stage. He punches Metamorpho's tank with all his strength. But the special glass doesn't crack.

Wonder Woman shakes her head. The Sea King has rushed into action without thinking. He's outed them to a room full of criminals!

Suddenly, Wonder Woman feels a sharp pain in the back of her head. Everything goes black.

When she wakes up, she tries to move. But her arms are chained. She spots Batman and Aquaman unconscious on either side of her. All three heroes are chained to the back wall of the stage. None of them have on their villain disguises. Wonder Woman briefly wonders how Batman wore his cowl under all that Two-Face makeup.

"As I was saying before we were so rudely interrupted," says Lex Luthor from behind the podium. "Do I have an opening bid?"

Wonder Woman makes a fist. She knows these chains can't hold her. She can escape, but she'll only have time to free one of her teammates.

If Wonder Woman tries to free Batman, turn to page 18.
If Wonder Woman tries to free Aquaman, turn to page 25.

Batman glances at Aquaman. He can't see his teammate's face behind the Black Manta helmet. But Aquaman looks ready to attack.

"Wait," Batman says under his breath.

Even whispering, Batman uses his best Two-Face voice. He's not about to break character and battle a room full of super-villains. The best plan is to wait until the auction is finished. They can go after the winner once he or she is alone.

Aquaman pauses. Then his body relaxes. He takes a half step backward.

The heroes focus on the auction once again.

"Ten million dollars!" yells the Riddler.

For a second, Batman wonders where the villain came across that much cash. It was certainly not here in Gotham City. Not on his watch.

But the thought lasts only that brief moment. Because that's when the ceiling caves in.

KABOOOOOOOOM!!!

Batman immediately leaps to the side. Wonder Woman jumps too, but quicker. She even manages to knock Aquaman out of the way of the falling ceiling.

Most of the villains aren't as fast. The few who are still conscious look up in complete surprise.

The powerful alien tyrant named Mongul drops down from his spaceship hovering above the building. He lands on the destroyed stage.

"I will take this 'weapon,' Luthor," Mongul says.

Lex Luthor stands behind his podium. A force field glows around him. He's untouched by the ceiling rubble. Luthor knows it's important to plan for every possibility.

"Be my guest," Luthor replies in a calm voice. He also knows when to live and fight another day.

Mongul takes Metamorpho's tank under his arm and prepares to leap out of the building. The Justice League members are left wondering what they should do next.

If the heroes follow Mongul, turn to page 20.
If the trio attacks Mongul directly, turn to page 27.

If the Justice League wants Metamorpho back, the simplest way is to pay for him. Or at least go through the motions.

"One hundred million dollars," Batman bids in his best Two-Face voice.

"Well, well. Harvey Dent," says Lex Luthor from behind the podium. "Where does a second-stringer like you get that kind of money?"

"He has partners," says Aquaman. His voice is electronic from inside the Black Manta helmet. "Partners with plenty of lost gold taken from shipwrecks."

Lex Luthor smiles. "One hundred million it is."

BOOM!

Every eye turns toward the back of the room as a large glowing portal suddenly appears. It's a Boom Tube, a teleportation system that lets beings take shortcuts through space. Whatever comes through probably won't be good.

"One *billion* of your Earth dollars," says a deep voice from inside the Boom Tube.

"You were not invited," says Luthor from behind the podium.

Luthor knows that shadowy figure. It's the ruler of a planet called Apokolips—the ruthless alien Darkseid. He's one of the most dangerous beings in the universe.

The stone-faced Darkseid steps out of the Boom Tube and starts walking through the crowd. The super-villains part as he heads toward the stage. No one is foolish enough to stand in Darkseid's way.

"That's correct. And I'll let you in on another secret," says Darkseid. He smiles. "I'm not really bidding, either. Your Metamorpho, as you call him, might help me unlock the secret of the Anti-Life Equation. It is my life's work. So I will simply take him from you."

Batman looks at Wonder Woman and Aquaman. If they're going to act, they have to do it quickly.

If the heroes attack Darkseid, turn to page 23.
If they remain hidden among the crowd, turn to page 29.

Wonder Woman knows she has to act quickly. Batman has always been the planner in the group. If they want to stand a chance of getting away, he's the obvious choice. Luckily, no one has noticed she's awake.

"One million!" shouts a voice from the crowd.

Luthor laughs. "Come now," he says. "I think we can do better than that. After all, this auction is for the whole lot of heroes—Wonder Woman, Batman, Aquaman, *and* Metamorpho. The winner does with them what he or she will."

"One billion smackeroos!" yells another voice. It sounds like a certain white-faced criminal clown.

"That's more like it," says Luthor.

All the eyes in the room turn to the Joker as he lets out his trademark laugh. So Wonder Woman takes the opportunity to snap her chains.

Then she breaks the metal around Batman's wrists. She grabs the unconscious hero and charges toward the wall at the back of the stage.

CRRRRAAAAASH!

At full speed, Wonder Woman's shoulder smashes into the brick wall. The bricks easily give way to her near-invulnerable body. She lands in the back alley behind the building.

Wonder Woman can hear yells and shouts erupt from the auction hall. Soon the alley will be flooded with some of the most powerful super-villains in the world. She has to get out of there. She has to retreat.

"Batcave," says a weak voice.

Wonder Woman looks down at Batman. He's awake.

"Batcave," he repeats.

"But we're close to a Justice League safe house," Wonder Woman says as she jumps into the air and flies to a nearby rooftop. "We can go there to regroup."

"No," says Batman. "Batcave."

If Wonder Woman heads to the safe house, turn to page 32.
If Wonder Woman goes to the Batcave, turn to page 48.

"Star Sapphire" looks at "Black Manta," who in turn looks at "Two-Face." There's no question about it. They need to follow Mongul.

Still wearing his Two-Face costume, Batman hurries out of the auction hall and down the hallway. Wonder Woman and Aquaman follow. When they're outside, Batman reaches into his black-and-white suit. He takes out a grapnel from his Utility Belt.

Even dressed as Two-Face, Batman comes prepared.

Batman looks up at the large spaceship hovering above the building. He's about to fire the grapnel. But Wonder Woman holds out a hand.

"My way is faster," she says.

She takes Batman's hand in her own. Then she takes Aquaman's hand in her other.

Wonder Woman leaps into the sky, dragging the two men behind her. If Batman hadn't been expecting it, the force could've pulled his arm right out of its socket!

Turn to page 22.

L

"You're up, Aquaman," Wonder Woman says. She hurls him forward.

The Sea King holds both arms above his head. He makes two tight fists as he rockets through the air like a submarine missile.

BOOM!

Aquaman pierces the thick hull of the ship. Seconds later, Wonder Woman flies through the hole. She pulls Batman along and lands inside.

"I'll be honest," says a deep voice behind them. The heroes turn to see the huge alien Mongul. "I didn't expect a rescue effort from Earth's so-called super-villains. But . . . I can always use three more gladiators in my great games. What say you?"

Batman locks eyes with Wonder Woman. They've heard of Mongul's gladiatorial "games" that take place on the artificial planet called Warworld. Two people enter. Only one leaves. But could they ever agree to participate?

If the heroes agree to fight in the games, turn to page 34.
If they refuse Mongul's offer, turn to page 52.

"Diana," Batman whispers to Wonder Woman.

She nods. She knows that tone. Without a word, Wonder Woman peels off the Star Sapphire mask and hovers into the air. Then she flies directly toward Darkseid at full speed.

CRUNCH!

Her fists strike the villain's stone-like skin. The punch sends him hurtling toward the back of the room.

In the few seconds it takes for Wonder Woman to attack Darkseid, Batman has switched out of his Two-Face costume. Aquaman looks over at him.

"Hey, you can even do that without a phone booth," Aquaman says.

Batman doesn't respond as Aquaman takes off the Black Manta helmet. The Dark Knight has other things to focus on—including the dozens of super-villains currently watching the heroes' every move. They look on in a mix of shock and anger.

Turn the page.

Unlike the other criminals, Lex Luthor looks calm. He's completely recovered from the surprise of Darkseid's invasion and the sudden reveal of the three heroes.

"It looks like you people need a hand with Darkseid," Luthor says to Batman from the stage. He waves a hand toward the crowd. "I could help. Just say the word, Dark Knight Detective. You'll have an army of villains at your side."

Batman clenches his jaw. He looks across the large auction hall. Wonder Woman punches Darkseid again. The alien is stunned, but for how long?

The hero doesn't think he can trust Lex Luthor. Luthor is one of Superman's worst enemies, and he has carried out hundreds of evil plans. But now, Batman is faced with an even more powerful foe. Is the enemy of his enemy now his friend?

Batman is not sure he has much of a choice.

If Batman teams up with the super-villains, turn to page 36.
If the Dark Knight distrusts Lex Luthor, turn to page 55.

"One billion and a quarter!" shouts the Joker from the front row. Next to him, Harley Quinn giggles.

"You tell 'em, Mr. J!" Harley says.

Wonder Woman looks at the size of the crowd. If she needed a carefully thought-out plan, Batman would be the clear choice. But she doesn't need strategy at the moment. With this many super-villains, she needs muscle. So she must free Aquaman.

The hero works quickly.

Ching

Wonder Woman pulld with all her might and pops her first chain.

Ching

She breaks the second. She immediately does the same for the unconscious Sea King.

Turn the page.

"Ugh," Aquaman groans.

He slowly opens his eyes. He looks out at the crowd as he leans against Wonder Woman for balance.

"Um, are they supposed to be all loose like that?" Harley Quinn says, pointing up to the stage.

Lex Luthor turns around. His eyes widen. Then he turns back to face his audience.

"If you don't want your prizes getting away, I'd do something," Luthor says in a surprisingly calm voice. "Now."

Aquaman feels Wonder Woman tug at his arm. She's getting ready to leave.

The Sea King doesn't move. He knows this situation is his fault. He attacked without thinking things through. So now he's the one who has to fix this mess.

If Aquaman flees the scene with Wonder Woman, turn to page 68.

If Aquaman tries to free Metamorpho, turn to page 85.

Shink! Shink!

Two Batarangs strike Metamorpho's tank.

Mongul looks down at the large tank under his arm. Tiny cracks have appeared where the weapons hit.

The villain frowns. Mongul knows the weapons are Batarangs, but Batman shouldn't be at this auction. His thorough research would have revealed as much.

Nevertheless, Mongul leaps out of the building with his prize.

Pfft!

The line from Batman's grapnel shoots off and wraps itself around Mongul's leg. As the alien soars out through the hole in the roof, he pulls Batman with him.

Mongul lands safely inside his spaceship's open launching bay. The massive door begins to close behind him. Batman swings inside just as it slams shut.

Turn the page.

Mongul turns and looks at the man standing across from him. "You are not the one they call Two-Face," he says. "It's a nice disguise, *Batman*. But ultimately pointless."

THUNK!

Something strikes the ship from outside. Mongul loses his balance as the spacecraft dips to the right. Batman remains unmoved. It's as if he was expecting the attack.

THUNK!

The ship surges again. Suddenly, red lights flood the chamber.

"I don't know who your allies are," says Mongul. "But they seem to be crashing my ship."

Batman smiles. "They tend to do things like that," he replies.

But despite his smile, the Dark Knight is worried. Wonder Woman is doing more damage to the spaceship than he expected. Was coming onto the vessel the right course of action?

If Batman stays aboard the ship, turn to page 71.
If Batman tries to leave, turn to page 88.

Wonder Woman lurches forward and gets ready to attack. But Batman holds out his arm.

"No," he says.

"I'm not asking for permission," says Wonder Woman beneath her Star Sapphire costume. She knows Darkseid. She knows the damage he can do.

"Wait," Batman says. "Trust me."

Wonder Woman locks eyes with the man dressed as Two-Face. Then she lets herself relax. Just slightly.

The heroes turn their attention back to the stage. Lex Luthor stares down Darkseid.

"This item is not free for the taking," says the billionaire from behind his podium. "If you're not going to make a bid, I must ask you to leave."

Darkseid doesn't say anything. He simply laughs.

Turn the page.

Lex Luthor narrows his eyes. He's not used to the obvious disrespect that Darkseid is showing him.

"Fine," Luthor says. "If you're going to be stubborn about it, I'll show you the door myself."

Luthor pulls out a small box from underneath the podium. He presses a button on the device. Suddenly, the open Boom Tube behind Darkseid begins to suck in air. Within seconds, the powerful foe and a handful of nearby villains are pulled in through the portal.

BOOM!

The Boom Tube closes. Darkseid is gone.

"Now," says Lex Luthor, as if nothing out of the ordinary happened. "The bid was at one hundred million, if I'm not mistaken."

Batman is surprised Luthor was able to get rid of Darkseid so easily. The billionaire is more of a threat than he realized. Is it wise to stay here?

If Batman continues to bid, turn to page 73.
If the heroes leave to get backup, turn to page 91.

Batman is often right, but so is Wonder Woman. And she's already made up her mind. "It's my call," she says. "We're going to the Justice League safe house."

Wonder Woman starts to move again, but she can see from the scowl on Batman's face that he's not a fan of being carried. So she sets him down on the rooftop. He cringes in pain when he puts weight on his leg.

"You're hurt," Wonder Woman says.

"I'm fine," Batman replies.

"No," she says. "You're anything but—"

SKOOOOOOOOM

Batman barely manages to dive out of the way as a blast of ice hurtles past him. Wonder Woman looks over at the building across the street. Captain Cold is standing on its roof.

His cold gun is aimed directly at her.

SKOOOOOOOOM

Wonder Woman crosses her bracelets in front of her face.

BZZZIIIING!

The frosty blast bounces off her metal bracelets and back toward the villain.

"Run!" Wonder Woman yells at Batman.

She knows she could handle Captain Cold in a fight. However, it won't take long for more super-villains from the auction to join him. With only an injured Batman by her side, she can't hope to take on all of them.

Batman doesn't argue. He limps quickly toward the other end of the rooftop. He spreads out his cape.

Then he simply steps off the roof.

By the time Wonder Woman reaches the ledge, the Dark Knight is already swinging down the block on his grapnel's line.

Turn to page 38.

Batman looks past Mongul and around the large chamber of the alien tyrant's spaceship. There's no sign of Metamorpho. A simple smash-and-grab rescue is out of the question. They need to play along for now. They need to agree to fight in Mongul's games.

"All right," Batman says. He speaks in his best Two-Face voice. "We'll fight, but on one condition."

"You want the one called Metamorpho," says Mongul. "For some pathetic revenge scheme against the Justice League, no doubt."

"Yes," growls Batman.

Mongul grins. The expression worries the Dark Knight. This intergalactic villain is obviously up to something.

"I think that can be arranged," Mongul says.

* * *

A full day passes before Mongul schedules the gladiatorial fight.

For the heroes, that day is almost pleasant. The alien ship brought Batman, Wonder Woman, and Aquaman to the gigantic artificial metal planet called Warworld. Then the disguised heroes were given large individual rooms with soft beds. They were well fed with rare fruits and tasty meals. They were treated to relaxing massages.

All the while, Batman's mind raced. He looked for ways to escape. His eyes searched every room for Metamorpho. Yet he didn't break character as Two-Face. All three heroes managed to keep their secrets safe.

But now, as day turns to night, the pampering ends. Three large alien creatures arrive at Batman's room.

"Up," one says in crude English. "Up now!"

Batman does as he's told. He stands and puts on his half black, half white jacket. Then he follows the aliens down a dark hallway and into a brightly lit arena.

Turn to page 42.

"Save it, Luthor. We'd never—" begins Aquaman.

"Deal," Batman says.

Aquaman turns to look at his teammate. "We're teaming up with super-villains now?" he exclaims.

"It's three of us versus Darkseid," Batman says. "You do the math."

Aquaman shrugs and then shoves his way through the crowd of confused villains. He heads toward the back of the room. Wonder Woman is still there, walloping a dazed Darkseid. Meanwhile Batman hurries to the stage.

"Give me a moment to rally the troops," Luthor tells the hero in a bored voice.

"First, I'll be taking your 'ultimate weapon,'" Batman says.

Luthor grins. "Anything for a friend."

The Dark Knight steps over to Metamorpho's tank and gets to work. It takes him less than a minute to figure out how to free his teammate.

"Thanks, Bats," Metamorpho says as he pulls himself out of the tank and stands on the stage. He looks out at the room of villains. "What's going on here?"

Across the room, Darkseid has regained his senses and his footing. Wonder Woman's attacks are no longer having the same effect. With a powerful slap, he catches her off-guard and sends her flying.

CRRRRAAAAASSSSSHH!

Batman and Metamorpho duck as Wonder Woman shoots past and smashes into the stage.

Aquaman dives at Darkseid's legs. The alien stumbles, but he doesn't lose his balance.

"Come!" Luthor calls to the crowd. "Let's help our Justice League allies! We can't have them fighting all by themselves."

At Luthor's urging, the super-villains gain a bit of courage. They move closer to Darkseid to launch their own attacks. They fear the alien, but they might fear Luthor almost as much.

Turn to page 46.

Wonder Woman leaps into the night sky to follow Batman. She glides through the air.

SKOOOOOOOOM

Another ice blast shoots over the hero's shoulder. Captain Cold must still have her in his sights. She increases her speed.

Wonder Woman lands on the street and follows Batman around a corner. The Justice League safe house is just a few blocks away. If they can get to its secret entrance, they'll be safe. They can call in the rest of the League.

SKOOOOOOOOM

Ice suddenly covers the corner of the building. The chilly blast missed Wonder Woman by less than a foot this time. For the villain to get this close, Wonder Woman must be distracted. She shakes her head and tries to focus.

"Get down!" Batman yells suddenly.

The Dark Knight jumps out from the nearby shadows. He pushes Wonder Woman to the side just as another icy blast parts the air.

SKOOOOOOOOM

Wonder Woman hits the ground. She looks back over her shoulder. The Dark Knight is frozen solid in his tracks.

Then she looks past her teammate and down the dark street. Captain Cold is perched on a rooftop. Captain Boomerang and Trickster stand by him. The yellow ring-powered Sinestro lands next to the trio of crooks. The super-villains are catching up to her. More will arrive by the second.

Wonder Woman gets to her feet and darts in the direction of the safe house. She pumps her arms and legs. Her tremendous speed gives her quite the lead on the criminals. She should be home free. That's the thought that runs through her head as she turns another corner.

But when she sees the villain Mr. Freeze standing at the end of the alleyway, it's already too late.

SKOOOOOOOOM

Turn the page.

Later, when she awakes, Wonder Woman can't hear much through the solid sheet of ice that covers her.

Through the thick and blurry frozen shell, she can make out the large crowd in front of her. She can just see Batman out the side of her left eye. He's still trapped in his own block of ice. Out of her right eye, she sees Aquaman chained next to the tank holding Metamorpho.

Lex Luthor stands on the stage in front of her. Once more, he has taken his place behind the podium. She knows Luthor has started the auction again.

Even though she can barely feel her hand in the freezing cold, Wonder Woman manages to make a fist. She has very little hope left.

But nevertheless, the ice starts to crack.

The End

To follow another path, turn to page 12.

"This next fight is bound to be an enjoyable one," Mongul's voice booms over a loud speaker.

Batman looks up at the stadium seating all around him. Thousands of spectators are here to watch the battle. None look human. Mongul stands on a balcony, towering far overhead in special box seating. The alien tyrant is surrounded by guards.

Then Batman's attention turns toward the doors opening on either side of him. Wonder Woman and Aquaman enter the stadium. Both are still dressed as super-villains.

"I'd like to you to meet three of Earth's worst criminals," says Mongul to the crowd. "They want the hero known as Metamorpho."

A gate opens at the far side of the arena. A confused Metamorpho steps through.

"But let's see what he has to say about that, shall we?" Mongul says.

Metamorpho sees the three "villains" standing across from him. He frowns. Then he transforms his hand into a giant hammer and rushes forward.

Batman leaps out of the way of the metal hammer. But Metamorpho is able to turn into any combination of elements. So his hammer quickly forms into an iron shovel. He digs at the ground below Aquaman and hurls him across the arena.

"Stop this!" Wonder Woman says.

She throws a punch just as Metamorpho turns into a clear gas. Wonder Woman's fist passes through the invisible cloud.

Metamorpho transforms back into his human form and makes his arm into a golden sword. He thrusts the blade forward. The Dark Knight dodges it and steps in closer.

"Rex," Batman whispers. "It's me."

Metamorpho pauses. Two-Face doesn't know his secret identity is Rex Mason. And that voice certainly doesn't belong to Two-Face. That voice belongs to his friend, Batman.

"Plan?" Metamorpho asks as he pretends to take another stab.

"Let's take the fight to Mongul," Batman says.

Turn the page.

Batman glances over at Aquaman and Wonder Woman. He gives a small nod.

Metamorpho fakes an attack. He grabs Aquaman and flings him toward the box seats of Mongul and his guards. Then Metamorpho leaps into the air after his "opponent."

At that same moment, Wonder Woman swoops over to Batman and grabs him. She lifts him up and flies at top speed toward Mongul.

In seconds, they all reach the alien tyrant's box seat.

Metamorpho lashes out with an arm shaped into a cobalt hammer. Wonder Woman punches Mongul under his jaw. Batman breaks a knockout capsule in the villain's face. And Aquaman delivers a powerful hit to Mongul's stomach.

All the attacks land at the same exact moment. It's the result of countless training sessions. It's an attack a hero and three villains would never be able to pull off.

It's an attack Mongul is simply unprepared for.

WHOMP!

Mongul hits the floor of his balcony. He was unconscious before he even began to fall. The guards look down at their leader, and then at the heroes. They raise their weapons.

"I wouldn't, if I were you," says Batman.

They just as quickly lower their weapons. Batman smiles beneath his Two-Face makeup.

"Warworld's hangar is close by," Batman says to the other heroes. "We can grab a spaceship there. We need to leave before Mongul wakes up."

It takes the teammates less than fifteen minutes to find the hangar and make their way off of Warworld. Mongul doesn't wake up for another hour after that.

By then, the Justice League is long gone. There's nothing left for the weakened Mongul to do but go back to sleep. Dreams of victory are now his only option.

The End

To follow another path, turn to page 12.

The Cheetah scratches at Darkseid's face. Weather Wizard shoots a lightning bolt. Solomon Grundy grabs Darkseid's arms from behind. For a brief moment, it looks as if the villains might be able to beat their mighty foe.

But the moment passes.

"Is this enough people, Darkseid?" Luthor asks. "I know I promised you there would be more heroes, but they're such an unpredictable bunch."

Batman turns toward the podium to stare at the evil billionaire. He realizes what's happening, but it's too late. Luthor has outsmarted him.

Suddenly Darkseid straightens up. He easily swats away Aquaman and the super-villains. It's as if the alien hasn't been trying until now.

"This will do," says Darkseid.

BOOOOOM!

The noise is louder this time. A huge Boom Tube forms around the room. It teleports the heroes and villains before they even know what's happening.

Batman looks at his new surroundings. He sees the blood red skies of the planet known as Apokolips above. Wonder Woman, Metamorpho, Aquaman, and dozens of villains stand nearby. The only person missing is Luthor.

Because this was all Luthor's plan. He tricked villains and heroes into one room so Darkseid could easily teleport them to his home world. Once again, Lex Luthor sold out humankind without even batting an eye.

"Welcome, all," Darkseid says. "You will make an excellent group of test subjects."

A man in a purple robe steps toward Aquaman. "Yes," the man says as he studies the Sea King. "The powers of these Earthlings will make fine additions to our Parademon army, once properly absorbed. That is, I mean . . . *your* army, master."

Batman feels the chains click against his wrists. His mind begins to search for an escape plan. But this time, one doesn't come.

The End

To follow another path, turn to page 12.

SKOOOOOOOOM

An icy blast suddenly shoots by. It barely misses Wonder Woman's head. She turns around and sees Captain Cold standing on a neighboring rooftop. His cold gun is aimed at the two heroes.

"Fine. We'll go to the Batcave," Wonder Woman says. "You better be right about this, Bruce."

"When am I wrong?" Batman says in a weak voice. A smile appears on his face.

Wonder Woman takes off into the air with Batman still in her arms. A boomerang nips at her feet as she flies. There's no doubt in her mind that Captain Boomerang has now joined his fellow villain on the roof behind her.

"There," Batman says after less than a minute.

He points down at a dark alley. Wonder Woman lands. She doesn't notice the parked Batmobile until Batman pushes a button on his Utility Belt. The vehicle seems to appear out of nowhere as its cloaking system shuts off.

Batman limps over to the driver's side of the Batmobile. He doesn't say anything, but Wonder Woman can tell he's hurt. He must've been injured back at the auction house.

The Batmobile's canopy slides open. Batman smoothly jumps in, but his face reveals his pain. Wonder Woman drops herself into the passenger's seat. As the canopy closes above them, the engine roars to life.

Wonder Woman smiles. Batman is the master of secrecy and hiding in shadows, yet he makes such a noticeable spectacle out of his car. It's all just a part of his carefully planned out image, she thinks. The Batmobile is designed to strike as much fear into criminals as Batman himself.

VRRRRRROOOOOOOOOOOOMMMMMM!

The Batmobile speeds out of the alley and onto another dirty Gotham City street. Scraps of paper blow in the wind behind it.

Turn the page.

The Batmobile races down Robinson Blvd toward the parkway. As it passes a full parking lot, one of the vehicle's headlights switches on. An old-fashioned car pulls out onto the street. It heads in the same direction as the Batmobile. The car looks like something from the 1940s, yet it's painted in a bizarre yellow and blue plaid.

"Can't this thing go any faster?" says the man in the car's passenger seat.

He wears a green hat and matching green bodysuit. On his chest is a purple question mark. There's no mistaking this foe of Batman. It's the puzzle-obsessed criminal known as the Riddler.

"Hrrm," says a deep voice from behind him.

The voice seems to be agreeing with the Riddler. Crammed into the car's back seat is the massive swamp monster called Solomon Grundy.

"Glad you asked!" exclaims the man behind the wheel. He's dressed in colors that match his car.

Turn to page 60.

"We won't be your puppets, Mongul!" says Wonder Woman. "We won't fight for you."

"Fools. Do you think I don't know who you are?" says Mongul. As he speaks, a few dozen of his alien guards rush into the chamber.

Wonder Woman, Batman, and Aquaman exchange worried glances.

"Metamorpho, as you call him, is of great value to me in my gladiatorial games," Mongul continues. "The games have gotten a bit stale lately. He would add much needed excitement. So I researched all the possible bidders at Luthor's pathetic auction and prepared."

He looks at each of them. "Star Sapphire, you'll find my ship vibrates on a wavelength that keeps you from using your powers. Black Manta, your armor was hacked the moment you set foot on my ship. And you, Two-Face. Well, you're as powerless as Gotham City's hero himself. You are no threat to me. Yes, I know you three villains very well."

Wonder Woman feels a wave of relief. Their secret is still safe. Mongul thinks they're simply criminals. He's not prepared to deal with the three heroes who are his actual prisoners.

"If you won't take part in my games," adds Mongul, "then you will meet the same fate as others who have tried to say no to me."

Aquaman takes a step forward. He's ready to fight, but Batman stops him with just a look. They're outnumbered. It's not the right time to act.

"Take them," Mongul says to his guards. Then he turns and walks out of the chamber.

The guards rush forward. They thrust their laser rifles at the heroes.

"Move!" a guard yells.

The three Justice League members are marched down a hallway. All the while, Batman studies his surroundings. He looks quickly through doorways. He glances down hallways.

Turn the page.

Mongul's guards shove Batman, Aquaman, and Wonder Woman into a small room with just a single metal bench.

Clang

Behind them, a large steel door slams shut.

When he's sure they're alone, Batman finally speaks. He no longer tries to talk like Two-Face. There's no point now.

"I saw Metamorpho," Batman says. "He's being held in a room two doors down from this one. There are two guards. One is asleep. The other is favoring his right leg. His left looks to be injured. Take advantage of that."

Aquaman stares at his teammate. "You know," he says. "Some days you're way more Batman-y than others."

Batman grunts in response.

"Mongul and his guards think we're powerless super-villains," Batman says. "Let's set the record straight."

Turn to page 64.

Batman completely ignores Lex Luthor's offer and turns back toward his teammate. The last thing the Justice League is going to do is work with one of the world's most corrupt billionaires. No matter how desperate the situation.

Luthor simply shrugs from behind the podium. The deal was worth a shot, at least.

"I'll get Metamorpho. You help Wonder Woman," Batman tells Aquaman.

Batman fires his grapnel toward the stage.

Pfft!

He swings above the crowd of confused super-villains. Batman's boots strike the side of Metamorpho's tank. The special glass-like material cracks.

Krrrrrrrshhhhhhhh

A greenish liquid begins to leak out of the cracks. Then the pressure becomes too much. The tank shatters, and the liquid gushes out.

Turn the page.

When the tank is empty, Metamorpho stands next to Batman on the stage.

"Whoa," says Metamorpho, looking around the auction hall. "This seems bad."

Across the room, Wonder Woman and Aquaman are taking turns punching Darkseid. Some of the super-villains watch the fight, but others are starting to notice Batman. They see him standing next to the freed "ultimate weapon" they came to bid on. The villains don't look happy about it.

"You're right," Batman says. "It is bad. Darkseid can't be here. We have enough to deal with right now."

Batman presses a button on his Utility Belt. Meanwhile, the criminals begin to step toward him and Metamorpho.

"Uh, Bats?" Metamorpho says.

But the Dark Knight isn't paying attention. He's busy typing something on a control panel on his belt.

Pfft!

Without a word, Batman fires his grapnel at the ceiling of the large room.

Metamorpho smiles as the Dark Knight lifts off the ground. He's glad Batman is ready to do something about the situation, even if he doesn't know what that something is.

The elemental hero follows Batman's lead. He turns his body to gas and hovers into the air above the super-villains.

Batman lands near Darkseid. He throws three Batarangs.

Tunk! Tunk! Tunk!

They barely stick into the alien's tough chest. Then the Batarangs begin to beep.

"Now!" shouts Wonder Woman.

She knows what's about to happen. She and Aquaman both punch Darkseid directly in the jaw. At that same moment, Metamorpho changes into his human form with a fist made out of iron. He lunges forward and gets ready to strike.

Turn the page.

Darkseid has only a second to dodge Metamorpho's attack. The villain stumbles back toward the Boom Tube behind him. It's exactly the direction the heroes want him to go.

Suddenly, the Batarangs stuck in the villain's chest explode.

BAWOOM! BAWOOM! BAWOOM!

The explosions don't hurt the powerful Darkseid, but the quick flurry of attacks has thrown him off-balance. Darkseid can no longer keep his footing. He falls back into the Boom Tube completely.

BOOM!

The tube shuts behind him. But the heroes have no time to celebrate their victory.

Batman, Aquaman, Metamorpho, and Wonder Woman turn to face a room full of super-villains. None of the crooks look pleased to see them.

"Get ready," Batman says to his teammates.

Turn to page 67.

The man in the bright blue and yellow costume slams his foot down on the pedal.

VRRRRROOOOOM!

Riddler and Solomon Grundy are both thrown back as the car goes from twenty to ninety miles per hour in a heartbeat. A large flame shoots out of the back of the car.

"Trickster!" shouts the Riddler in surprise.

"Hey," says Trickster, "it was your idea!"

The car speeds along the dark streets after the Batmobile.

"Don't get too close," says the Riddler as he straightens up in his seat. "Let's follow them and see where they go. Then . . . we can introduce them to Grundy."

"Hrrm," agrees Solomon Grundy from the back seat.

Trickster eases off the pedal just slightly. It's not a bad plan.

"Do you—?" Wonder Woman starts to say from her seat next to the Dark Knight in the Batmobile.

"See Trickster's ridiculous car following us?" says Batman. He glances up at the rearview mirror. "It would be hard to miss."

"So then why are we still headed to the Batcave?" Wonder Woman asks.

She knows this road. It leads fourteen miles outside of Gotham City to Wayne Manor. One turn later, and they'd be driving into the caves below that hide all of Batman's secrets.

Batman just smiles. "*Is* that where we're headed?"

Wonder Woman knows the situation is serious. But she can't help but grin too—even as the Batmobile pulls off the road and straight through the wall of a cliffside.

Turn the page.

“How is that possible?” asks the Riddler.

As always, the villain is searching for an answer. The Riddler just saw the Batmobile disappear into solid rock as clearly as he can see the other two people in Trickster’s car.

“The cliff is a hologram. It has to be,” says Trickster. “Boys, it’s our lucky day. I think we found the Batcave!”

Trickster swerves his car to the right. He heads directly for the gray rock. But instead of smashing into boulders, the cliffside disappears. They drive safely through the hologram and into the Batcave.

The Riddler frowns as he looks at the high-tech equipment all around the cave. “That’s what I mean,” he says. “How could Batman be so careless? It’s like he just let us find this place.”

Before Trickster can answer, something lifts his car into the air. The vehicle smashes into the cave’s ceiling.

CRASH!

After the car hurtles back down to the ground, the Riddler climbs out of the wreckage. Trickster and Solomon Grundy are still inside. They're both unconscious from the crash.

"When is a Batcave like a Riddler?" says Wonder Woman. The hero stands in front of the criminal. She lifts him up by the back of his costume. It's much easier than lifting Trickster's car had been.

"When it's a dummy," mutters the Riddler. Then his eyes roll back as he passes out. The stress is just too much for the weak villain.

"Wow," says Wonder Woman to Batman as he limps out of the shadows. "He figured that one out pretty quickly."

Batman doesn't reply. He walks toward the Batmobile. It's parked farther inside the fake Batcave. He calls the rest of the Justice League on the Batmobile's radio and sends out the location of the auction house. Then he closes his eyes and allows himself a moment's rest.

The End

To follow another path, turn to page 12.

Wonder Woman easily lifts the heavy steel door to their prison cell. Aquaman and Batman rush out first. Wonder Woman follows.

Clang

The door crashes back into place as they run through the halls. None of the heroes even flinch. They're too focused on the mission. Soon they reach the room holding Metamorpho.

TUNK! TUNK! TUNK!

Aquaman punches the door open with three well-placed strikes. Batman runs inside. He sweeps the awake guard's injured leg out from under him.

The sleeping guard stirs, and his eyes open. Before he can act, Wonder Woman lifts him up and hurls him at Metamorpho's tank.

The guard is knocked back into unconsciousness as he shatters the thick glass.

Kssssssshhhhhh!

"Uhhh," groans Metamorpho. He slumps forward as the liquid pours out of the tank.

Batman puts Metamorpho's arm over his shoulder. He helps the elemental hero to his feet.

"Two-Face?" Metamorpho weakly mutters.

"More guards are on their way," Aquaman says from the doorway.

Wonder Woman rushes over to the Sea King. She looks down the hall. A dozen yellow aliens charge forward. Each one looks larger than the one before.

"I don't understand," says Metamorpho. He struggles to stay standing. "What's going on?"

"It's OK. We're—" Batman starts to say, but he's interrupted when a laser shoots by his head. It misses him by less than an inch.

BZOOOM! BZOOOM! BZOOOM!

The guards are attacking. Some of their shots blast through the walls of the room.

Metamorpho looks at the disguised Batman. Then he looks at Wonder Woman and Aquaman.

Then he disappears.

Turn the page.

"Rex!" Batman yells as a clear gas goes up his nose. "It's not . . . what . . ."

But Batman never finishes his sentence. He passes out from the fast-acting knock-out gas Metamorpho has just changed himself into.

Metamorpho floats over to Wonder Woman. But he doesn't see his teammate. He only sees the villain Star Sapphire. Wonder Woman breathes him in without realizing it and passes out.

Metamorpho moves onto the next "villain." The Black Manta suit functions have been shut down by Mongul's ship. So Metamorpho easily enters the suit's breathing system and knocks out Aquaman.

Still confused and panicked, Metamorpho attacks the aliens next. By the time he's finished, the hero is too weak to escape. He turns back to his human form just to fall to the floor.

When he wakes, Metamorpho will still be Mongul's prisoner. And so will his own Justice League teammates whom he just helped defeat.

The End

To follow another path, turn to page 12.

"I'd like to begin by thanking you for getting rid of the elephant in the room," says the Joker. He steps toward the heroes. "Now if we could just do something about the bat problem."

The Clown Prince of Crime removes a large, cartoonish gun from his jacket pocket.

Wonder Woman quickly steps in front of Batman. The Dark Knight is many things, but invulnerable is not one of them.

But when she glances back at her teammate, Batman doesn't look worried.

KARRUNCH!

Suddenly, a giant green hand rips off the roof of the building.

Wonder Woman realizes now why Batman seemed so calm. In the air above them hovers Green Lantern—plus two dozen of the Justice League's best and brightest.

Before she can even ask how or when he sent out the call for help, Batman says, "Trade secret."

The End

To follow another path, turn to page 12.

But Aquaman is just too weak for a fight. He's been out of water for too long. His body is never working at its best when he's out of his natural element.

So he lets Wonder Woman help him limp offstage.

Wonder Woman moves quickly. She can hear dozens of super-villains following them backstage.

"There's a Justice League safe house nearby," Wonder Woman says quietly.

Aquaman nods. He understands. They can't possibly take on all these criminals alone. They need to get out of the auction hall and call for backup.

"Ah!" Wonder Woman yells suddenly.

Aquaman looks down and sees a glowing yellow capture claw made entirely out of energy. It's gripping Wonder Woman's ankle. It tugs at her viciously.

Turn to page 70.

The yellow claw drags Wonder Woman away from Aquaman. The Sea King loses his balance and topples to the floor.

He turns to see Sinestro, the Yellow Lantern. The villain is using his power ring to form the claw. Sinestro pulls Wonder Woman over, and then he traps her in a large bubble of energy. Wonder Woman punches the yellow bubble as hard as she can. It doesn't budge.

In a normal fight, Aquaman would rush Sinestro. He would attempt to break the villain's focus to allow his teammate to escape. But Aquaman can barely walk, let alone fight. And Wonder Woman sees it in his face.

"Go!" she yells. Her voice is as firm and calm as ever. Even when captured, Wonder Woman remains in control.

Aquaman agrees without even realizing what he's doing. He turns and limps quickly to the back-door exit.

Turn to page 76.

Batman decides to stay on the spaceship. He can't let Mongul slip through his fingers, or risk the life of his friend Metamorpho to chance.

The ship continues to shake. Years of training allow Batman to keep his balance. The giant alien isn't so skilled. As the ship goes into a dive toward Gotham Harbor, Mongul tumbles to the other side of the chamber. Unfortunately, Metamorpho's tank rolls along with him.

Rrrrrrrrrrrrnnnnnnnnnkkkk

Batman looks at the bay door. It's been ripped open, and the rush of wind pulls him toward it.

The Dark Knight's reactions are as fast as ever. He draws two claw-like hand grips from his Utility Belt. They scrape against the chamber's metal wall, barely holding his weight. But they do hold and keep him from falling out of the opening.

"Hello, Batman," Wonder Woman says casually. She's no longer disguised as Star Sapphire, and she holds open the heavy bay door.

"Metamorpho!" Batman yells in response.

Turn the page.

Wonder Woman looks over. She sees Metamorpho's tank slip from Mongul's grip.

"On it!" she calls to Batman.

The tank rolls past Wonder Woman and outside the ship. She lets go of the door to dive after it.

Mongul hurls himself through the opening too. But the villain isn't chasing the tank. He no longer cares about getting the "ultimate weapon." He's only worried about his own survival now.

WHOMP!

The bay door slams shut.

Just as suddenly, the chamber returns to its normal air pressure levels. With no wind pulling at him, Batman's feet touch back on the floor.

However, the ship is still plummeting toward Gotham Harbor, and Batman sees no way to escape.

Turn to page 78.

Everyone in the room except Luthor looks stunned by the chaos of Darkseid's sudden arrival and exit. Batman knows they can't leave now. Not with all the villains so on edge. They must continue with their plan. They must continue to bid.

"Two hundred million," Batman says. His Two-Face voice is still absolutely perfect.

"You're the high bidder already," says Lex Luthor from behind the podium.

"I want to be *doubly* sure," says Batman.

Luthor sighs and then says, "Yes. Anyone else have a non-pun based bid? Do I hear three hundred million?"

"Three hundred million!" shouts the yellow ring-wearing Sinestro from the back of the room.

"Five hundred!" booms the deep voice of The Flash's foe, Gorilla Grodd.

"One billion," says Wonder Woman as she steps forward in her Star Sapphire costume.

Turn the page.

"Two-Face" turns to his teammate. He looks annoyed. It's out of character for Batman. But it's exactly what the real villain would do.

"Two billion," he snarls.

"Five billion!" Wonder Woman shouts angrily.

Aquaman steps over. Still in his Black Manta disguise, he looks threatening. He stands right in Wonder Woman's face. As far as anyone knows, he's working with Two-Face. Now it looks as if Black Manta is finally getting into the argument.

"Now, now," says Lex Luthor. "Please, let's keep this civil."

Batman reaches into the half black, half white suit jacket. "I'm of two minds on the subject," he says.

Ping

Batman flips an exact copy of Two-Face's signature coin. The villain never makes a decision without it. It lands in his palm. The scarred face is up.

Batman looks at Aquaman, then Wonder Woman. Every super-villain in the auction hall is watching the trio. But they don't see three Justice League members in a carefully planned act. They see Two-Face and his current partner, Black Manta, going up against Star Sapphire.

Batman nods.

ZAAAAAAP!

Aquaman fires Black Manta's laser beam eyes. The energy rips through the air. Still in her Star Sapphire disguise, Wonder Woman easily dodges the attack. The lasers strike the podium on the stage instead.

Lex Luthor leaps away from the blast. A glowing force field instantly forms around his body to protect him. Whatever other secret weapons Luthor had hidden in his podium spark and erupt into flames.

BOOOOOM!!!

Turn to page 82.

"Raarrh!" Aquaman growls in a noise of pure pain.

He's frustrated with himself. He knows he's the reason Metamorpho is still Lex Luthor's prisoner. He's the reason Batman and Wonder Woman are now also chained up and waiting to be sold to the highest bidder.

Aquaman shakes the thoughts away as he limps out into the dark Gotham City back alley. There will be time for blaming himself later. He owes it to the others to reach the safe house and contact the rest of the Justice League.

It's his only hope. It's his *friends'* only hope.

"Oh, this is a good day," a man suddenly says from the shadows.

Aquaman knows the voice even before the person steps out into the light.

The Joker grins. "Can you believe I was ready to put down my hard-earned money for a chance at having my own Jokerized Justice League?" he says.

"I *can* believe it!" says another voice. Harley Quinn steps out of the shadows too.

"Why, since everyone else is so busy, I think I'll just take my fish to go," says the Joker. He pulls a strangely oversized gun out of his pants' waistband.

Aquaman looks at the gun, and then lunges at the Joker. But in his weakened state, the Sea King is too slow.

A puff of green smoke fills the air around Aquaman's head as the Joker fires. The hero falls to the ground. He begins to smile. Then Aquaman's smile turns into frantic laughter before he passes out, unconscious.

"I'll never get tired of this old gag," says the Joker. "Now who ordered the laughing fish?"

The End

To follow another path, turn to page 12.

Batman quickly reviews the situation.

There's no time for him to reach the ship's controls in the cockpit. And he can't lift open the heavy bay door. The ship is going to crash into Gotham Harbor—and he's going down with it.

The hero's mind is calm. Batman knew the risks and has few regrets.

* * *

Outside the ship, Wonder Woman catches Metamorpho's tank in midair. The heavy container throws her off-balance, and she tumbles through the night sky. She rights herself just as Mongul splashes nearby into Gotham Harbor.

Within seconds, Wonder Woman lands gracefully on the boardwalk lining the harbor. She sets the tank down, and turns to fly back for Batman.

But before she can lift off, she watches in horror as Mongul's ship hits the water. It explodes in a burst of flames.

Turn to page 80.

It takes Aquaman less than five minutes to pull the unconscious Mongul from Gotham Harbor. The force of the impact knocked out the super tough alien, but it didn't seem to do any permanent damage. It took all Aquaman's strength just to lift Mongul from the water.

"Any sign of Batman?" Wonder Woman asks Aquaman as he steps onto the small beach near the boardwalk.

Aquaman is now back in his regular uniform as well. He removed the Black Manta disguise in mid-dive. It was impressive that he wore the insulting costume of his archenemy for as long as he did.

"No," Aquaman says. His voice is serious. There is no joy in what he has to say. "I'll keep looking."

"That won't be necessary," says a raspy voice from behind them.

Wonder Woman and Aquaman both turn around in surprise.

Batman and Metamorpho walk out of the water and onto the beach. Neither looks injured. Wonder Women even thinks she sees a slight smile on the Dark Knight's face. Before she can say the word *how*, Batman is already talking.

"My Batarangs cracked Metamorpho's tank earlier. He slipped out by changing to a gas when we were on Mongul's ship," Batman says.

"Hey, guys," Metamorpho says with a very obvious grin.

"Before the ship crashed, Metamorpho turned himself into a high-density foam to protect me," Batman says.

"What my friend is trying to tell you is that I saved his bat-shaped behind," says Metamorpho.

"That's right," says Batman.

As Aquaman laughs and slaps his teammates on the back, Wonder Woman is sure of it now. Batman is smiling.

The End

To follow another path, turn to page 12.

The rest of the villains in the auction hall don't move. They're shocked by the fighting between Two-Face, Black Manta, and Star Sapphire. Most of them know better than to interrupt one of Luthor's events with a pointless brawl. But some seem to be enjoying the chaos.

"Rock 'em and sock 'em, robot!" the Joker calls to Black Manta before breaking into laughter.

He's quickly slapped in the back of the head by his sometime-girlfriend, Harley Quinn. She seems to be firmly on team Star Sapphire.

Meanwhile, Batman lunges at Wonder Woman. Even his attacks perfectly copy Two-Face's moves. The strike looks real, but Wonder Woman knows it's all part of the act. She aims a pretend punch at her teammate.

Batman ducks, and Wonder Woman's fist hits Metamorpho's tank instead. Just as planned.

KKKKSSSSHHHHHH

Greenish liquid pours onto the stage.

Batman leaps into the crowd and punches the monstrous Solomon Grundy in the stomach. Furious, Grundy lashes out.

But the Dark Knight dodges the fist. It lands right in the face of Mr. Freeze. The blow smashes the villain's protective helmet. Before he passes out from the heat, Mr. Freeze shoots a blast of super-cooled ice. It hits Gorilla Grodd and instantly freezes the great ape.

Still dressed in his Two-Face costume, Batman continues to attack random super-villains. Meanwhile on the stage, Wonder Woman throws Aquaman into the crowd. The disguised hero tumbles into Captain Cold and Mirror Master. Cheetah leaps out of their way. She smashes into Trickster. He swings wildly as he falls, trying to hit his attacker. He strikes the Joker instead.

On the stage, Metamorpho stumbles from the shattered tank. He looks out at the crowd of brawling crooks.

"Huh," he mutters. "Do I even want to know what's going on?"

Turn the page.

Wonder Woman steps near him. Metamorpho changes his fist to a large, iron mace and gets ready to fight Star Sapphire.

"It's me," she whispers.

"Wonder Woman?" Metamorpho asks. "What is all this?"

"Let's just say our distraction worked, and keep it at that," Wonder Woman replies.

She grabs Metamorpho and flies out of the room. Batman and Aquaman soon follow behind. The three meet on a nearby rooftop.

"The rest of the League should be here in two minutes to wrap things up," says Batman. "If anyone inside is still conscious by then. In the meantime, I suggest changing back to our uniforms to avoid any further confusion."

Aquaman and Wonder Woman would do just that—if they hadn't already begun to shed their super-villain costumes the second they landed on the roof.

The End

To follow another path, turn to page 12.

With all his strength, Aquaman punches Metamorpho's tank. He has to make up for what he did. He has to free his teammate.

Wonder Woman looks over at the mass of powerful super-villains climbing onto the stage. She pulls at Aquaman's arm again.

"We don't have time," Wonder Woman warns.

The Sea King tugs away from her grip. "We'll make time," he responds.

He punches the tank again. A small crack forms in its center.

Wonder Woman sighs. Then she and Aquaman both strike the tank at the same time.

FWWWWOOOOOOOOSSSSSSHHHH

Aquaman steps back as water gushes out of the tank and across the stage. The small flood sweeps a few villains off their feet.

Unfortunately, most of the criminals are ready for this fight. The crowd lunges at the heroes.

Turn to page 87.

Aquaman punches an attacking villain—the Superman enemy Metallo. As the metal menace falls to the ground, Aquaman glances back at the tank. Somehow, Metamorpho is gone!

Wonder Woman looks over at Aquaman, and then she spots the empty tank too. All the while, she dodges attacks from her ferocious enemy, Cheetah.

"Where is Metamorpho?" Aquaman yells.

He grabs Metallo and flings him into the massive villain Gorilla Grodd. Both crooks are knocked out cold.

"We'll figure that out later," says Wonder Woman. "We need to get out of here. NOW!"

Wonder Woman ducks beneath Cheetah's swiping claws. She crouches down. Then she shoots off into the air and straight through the ceiling.

KRABOOOM!!!

Turn to page 95.

The emergency lights aboard the ship begin to flicker. Batman needs to get out of there, before the ship crashes. Wonder Woman can break in and grab Metamorpho later. After all, she's near-invulnerable. He's not.

Mongul watches as the light flashes from red to darkness, red to darkness. During one of the flickers, Mongul is looking at Two-Face. During the next, Batman stands in his place.

"Very dramatic," Mongul says.

THUNK!

The ship lurches again. Wonder Woman must still be outside and punching at full strength.

Batman doesn't waste any more time. He races to the large bay door. He needs to find a way to open it in order to leave the ship.

But as the Dark Knight investigates, Mongul sees his own chance to escape. He rushes to the hallway door. He leaves the chamber with Metamorpho's tank still under his arm.

Just like that, Batman's plans have changed again.

The heavy bay door won't budge. And Batman realizes Mongul must be headed to the ship's controls. If the villain gets it flying straight, he could blast away from Earth. Wonder Woman won't be able to help either Batman or Metamorpho then.

The hero runs after Mongul. But he's too late. The door to the hall slams shut. The Dark Knight immediately turns to the control panel by the doorway. Then he gets to work.

* * *

Meanwhile, Mongul stumbles toward the cockpit. He pushes his guards aside as he enters.

"Out of the way, you idiots!" he shouts.

Mongul sets the large tank down next to one of the command chairs. Taking a seat behind a set of controls, he presses a series of buttons.

The spaceship's engines begin to hum louder.

Turn the page.

FZZZZOOOOOOOOOMMMM!

Even Mongul finds the need to grip the command chair as his spaceship zooms forward at full speed. It bursts out of Earth's atmosphere and into deep space. The extreme force causes Metamorpho's tank to slide. It hits a wall in the cockpit and shatters.

"Urrrgh," Metamorpho says as he falls onto the floor and opens his eyes.

When Metamorpho finally regains his focus, he's not sure he's happy to be awake. The face of Mongul stares down at him.

"The worst of your journey is now over," says Mongul. "We have come to my planet. Here, you will fight in my gladiatorial games. We have arrived at Warworld."

"Don't worry, Metamorpho," says Batman's voice from the doorway. "We won't be staying long."

Turn to page 100.

"Two-Face," says Lex Luthor from behind the podium on the stage. "Your bid still stands at one hundred million. Do I hear . . . two?"

"This isn't going to work," Wonder Woman whispers to Batman.

While his expression as Two-Face doesn't change, Batman knows his teammate is correct. The chaos from Darkseid's sudden arrival and exit has everyone in the room on edge. Their chance of rescuing Metamorpho without backup has grown increasingly slim.

The villains are watching "Two-Face." They're inspecting his every move. They're sure to notice soon that something isn't right.

"Two hundred million," Gorilla Grodd calls. The criminals all look toward his booming voice.

Batman is grateful for the distraction.

"Let's go," he whispers to his teammates.

Turn the page.

Batman, Wonder Woman, and Aquaman begin to work their way out of the auction hall. They try to slip away quietly, but Lex Luthor notices them pushing through the crowd.

"You're giving up already?" Luthor says. "Not even a pair of bids? That's unlike you, Two-Face."

Batman stops. He can feel Wonder Woman and Aquaman tense up beside him. He turns toward the podium.

In his best Two-Face voice the Dark Knight says, "This is getting *too* rich for my blood."

Luthor smirks. "Very well."

The trio starts toward the exit again.

"Three hundred million!" the Joker suddenly shouts. "Or better yet, make that four hundred if you throw in Batsy over there."

Batman's eyes widen. He shouldn't be surprised that the Joker has seen through his disguise. But he is surprised, just the same.

Turn to page 94.

On the stage, Luthor frowns. "Is that right, Joker?" he asks. "Is that Batman under all that Two-Face makeup?"

"If it's not, then I'm not wearing panty hose under this suit," the Joker says. His grin widens.

"I'm just going to take your word on both accounts," replies Luthor.

Batman looks at the crowd. The super-villains are all staring back at him. They don't seem happy about this new development. Some crack their knuckles. Others ready their weapons.

"You're really going to believe the Joker over—" Wonder Woman begins.

ZAAAAAAAPPPP!

But she's interrupted. Aquaman fires a laser eye blast from Black Manta's helmet into the mass of criminals.

Turn to page 103.

"Huh," says Aquaman, looking up at the hole Wonder Woman made in the ceiling. "I guess that works."

He dodges Captain Boomerang's flying weapon and throws a punch at the criminal. Then he squats down and jumps after his teammate.

The Sea King stumbles when he lands on the roof. He realizes just how weak he's become. He's never at full strength when he's been out of his natural watery element for too long. Then Aquaman looks around the rooftop, and he knows he needs that strength more than ever.

Because Wonder Woman and Aquaman are already surrounded.

Around them stand the energy-sapping Parasite, the weather-controlling Weather Wizard, and the yellow ring-wearing Sinestro. All three villains got to the building's rooftop as quickly as the heroes.

Turn the page.

Parasite darts forward. Aquaman tries to jump out of the way, but he's too weak. He's too slow. The villain puts both hands on Aquaman's back.

"Argh!" yells the hero.

He feels what little strength he has left leak out of his body. It feeds Parasite's own powers.

"Aquaman!" Wonder Woman says.

She turns toward him. But she's suddenly struck by a giant yellow hammer created by Sinestro's power ring.

"Ugh," Wonder Woman groans as she falls to her knees.

Aquaman drops to the ground too. He can't help it. He just doesn't have anything left in the tank. He knows the Justice League safe house is just a few blocks away. But he can't even stand.

Parasite backs away and smiles.

Then the villain notices an odd, slightly green gas floating in the air around him.

Suddenly, Parasite, Sinestro, and Weather Wizard all fall down onto the rooftop. They're fast asleep.

"You up for a short walk?" says a voice.

Aquaman looks right and left. He can't see anyone who would be speaking.

Then the green knockout gas floating in the air slowly twists and turns. It forms into the shape of a man. Within seconds, Metamorpho is standing right in front of his Justice League teammate. He was freed from the tank after all!

But the Sea King shakes his head. "I—I can't even stand," he says. "I'm too weak."

Metamorpho hears shouts from the room below them. In less than a minute, they'll be surrounded by some of the world's worst super-villains.

He looks at the unconscious Wonder Woman, and then back at Aquaman. "Well, I can't carry both of ya," he says. "But I think I have a solution."

Turn the page.

Metamorpho focuses. He has the ability to turn himself into any element or combination of elements found in the human body.

Right now, he chooses an easy one. He changes to water. Two parts hydrogen and one part oxygen.

Aquaman feels the water splash down onto his shoulders. It floods over his skin. Just like that, the Sea King gets a burst of strength. He's not at full power, but he's better.

Aquaman jumps to his feet as Metamorpho turns back to his human form. The elemental hero lifts Wonder Woman into his arms.

"Oof," says Metamorpho. "She's heavier than she looks."

Aquaman smiles. "Pure muscle is like that."

The shouts and yells from the auction hall suddenly get louder. The rest of the villains must be making their way to the roof.

"Sounds like it's time to move," Metamorpho says. He and Aquaman leap off the rooftop.

Soon Metamorpho and Aquaman reach the nearby Justice League safe house. Luckily, no one followed them. The villains are still busy searching the rooftops near the auction house.

By the time they get inside, Wonder Woman is already awake and back to her old self. She turns on the computer system.

"Wonder Woman to Justice League," she says. "We have an emergency in Gotham City. Batman has been captured. Repeat, Batman has been captured."

Wonder Woman sends out the coordinates of the auction house and then turns to look at her teammates. "Rested?" she asks.

"Never," says Aquaman.

"Good to go?" she asks.

"Always," says Aquaman.

Without another word, the three heroes rush back into the night to face the danger head-on.

The End

To follow another path, turn to page 12.

"Your League isn't here, Batman," says Mongul. On the floor, Metamorpho tries to stand. But he's too weak. "We are light-years from Earth. This is my domain."

Batman doesn't answer. Instead he throws a Batarang. Mongul dodges the attack.

The weapon wedges into the control panel. The Batarang starts to beep. Mongul's eyes widen.

KABOOOOOOMMMM!!!

The Batarang explodes. It sends Mongul flying across the cockpit. Batman dives forward and slides next to Metamorpho.

"Blast shield," Batman manages to say to his teammate. Then the force of the explosion knocks him out.

Metamorpho uses the last of his strength to transform into a steel pod that closes around Batman. He fills the inside of the blast shield with a mix of fire-resistant foam and oxygen.

As Mongul's ship erupts into flames, Metamorpho is flung into space.

Turn to page 102.

A few minutes later, Batman wakes up. "Situation?" he asks.

He switches on a small flashlight from his Utility Belt. All around him is the steel of Metamorpho's protective pod.

"Best I can figure, we're in orbit around Warworld," Metamorpho says. "Looks like Mongul and his people made it to their planet."

Batman pushes a button on his belt. It sends out an emergency signal. He knows Metamorpho is too weak to get them to Warworld. He also knows his own oxygen is limited. Their only hope is that a Justice League member is nearby to notice the signal. Maybe someone can come to the rescue.

"This isn't good, is it, Bats?" asks Metamorpho.

But Batman doesn't answer. He needs to save his oxygen. And he doesn't have anything to say, anyway.

The End

To follow another path, turn to page 12.

"The jig is up, Diana," Aquaman says from under his Black Manta costume. He punches the Riddler as he speaks. "No use in pretending any longer!"

The Riddler falls to the floor. But the dozens of super-villains standing behind him don't look like they'll go down as easily.

"We really need to work on your subtlety," Wonder Woman tells Aquaman as more fierce foes charge toward them.

Wonder Woman grabs her enemy, Cheetah, and hurls her into the massive Gorilla Grodd. They tumble back into four other criminals.

"There's only one thing we need to work on right now," says Batman as he sweeps the legs out from underneath Harley Quinn. "And that's an exit strategy."

Suddenly, a boxing glove flies across the room and smacks into Batman's chest.

KABOOOOM!

Turn the page.

Seconds later, the Joker stands over the unconscious Dark Knight. The Clown Prince of Crime is holding a gun with a comically large barrel. It's still smoking.

"If you want something done right," says the Joker, "you're better off packing an exploding boxing-glove cannon in your pants."

"I don't think that's the saying, puddin'," says Harley Quinn as she walks up to her boyfriend.

Wonder Woman and Aquaman can't come to their friend's rescue. They're too busy with their own battles.

The Sea King dodges the icy blasts of both Mr. Freeze and Captain Cold. Wonder Woman is slugging it out with the massive Giganta and Solomon Grundy.

But more and more villains join in the fight. In less than a minute, both Aquaman and Wonder Woman are on the ground. They're as unconscious as Batman.

"We're going to stop messing around," Lex Luthor says from the podium a short while later. "The bidding starts at one billion dollars."

No one argues. They know that the price is worth it. The winning bidder still gets the hero Metamorpho to use as the "ultimate weapon." But now he or she will also get Batman, Wonder Woman, and Aquaman in the deal. The starting bid is quite a bargain, all things considered.

"One billion!" shouts Sinestro, the Yellow Lantern.

"Two!" yells Gorilla Grodd.

"Four billion," calls the Joker. The criminals all turn and stare. "What? I'm good for it."

On the stage stand four tanks. Each Justice League member floats helplessly in one of the green-tinted containers. And outside, the super-villains laugh.

The End

To follow another path, turn to page 12.

AUTHOR

The author of the Amazon best-selling hardcover *Batman: A Visual History,* Matthew K. Manning has contributed to many comic books, including *Beware the Batman, Spider-Man Unlimited, Batman/Teenage Mutant Ninja Turtles Adventures, Justice League Adventures, Looney Tunes,* and *Scooby Doo, Where Are You?* When not writing comics themselves, Manning often authors books about them, as well as a series of young reader books starring Superman, Batman, and The Flash for Capstone. He currently lives in Asheville, North Carolina, with his wife, Dorothy, and their two daughters, Lillian and Gwendolyn. Visit him online at www.matthewkmanning.com.

ILLUSTRATOR

Erik Doescher is a concept artist for Gearbox Software and a professional illustrator. He attended the School of Visual Arts in New York City and has freelanced for DC Comics for almost twenty years, in addition to many other licensed properties. He lives in Texas with his wife, five kids, two cats, and two fish.

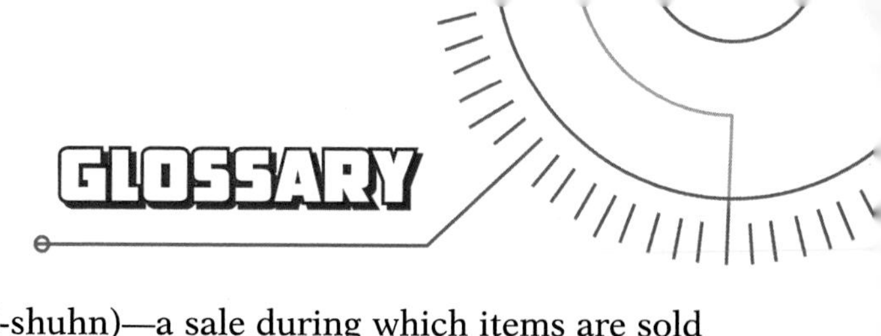

GLOSSARY

auction (AWK-shuhn)—a sale during which items are sold to the person who offers the most money

canopy (KA-nuh-pee)—the sliding cover found over a vehicle's or aircraft's main controls

cloaking (CLOH-king)—the ability to hide from sight

dummy (DUH-mee)—a copy that's made to look like the real thing and be used in its place; also, a stupid person

element (EL-uh-muhnt)—a substance that cannot be broken down into simpler substances; all matter is made of elements

gladiator (GLAD-ee-ay-ter)—a person who is forced to fight for the entertainment of others

grapnel (GRAP-nuhl)—a device with metal claws attached to the end of a cord, used to drag or hook onto something

hangar (HANG-ur)—an area where aircraft are parked

hologram (HOL-uh-gram)—a 3D image made using light

invulnerable (in-VUHL-ner-uh-buhl)—impossible to injure

safe house (SAYF HOUSS)—a secret hiding place for members of a group

teleport (TEL-uh-pawrt)—to move from one place to another instantly

tyrant (TYE-ruhnt)—a leader who rules other people in a cruel or unjust way

LEX LUTHOR

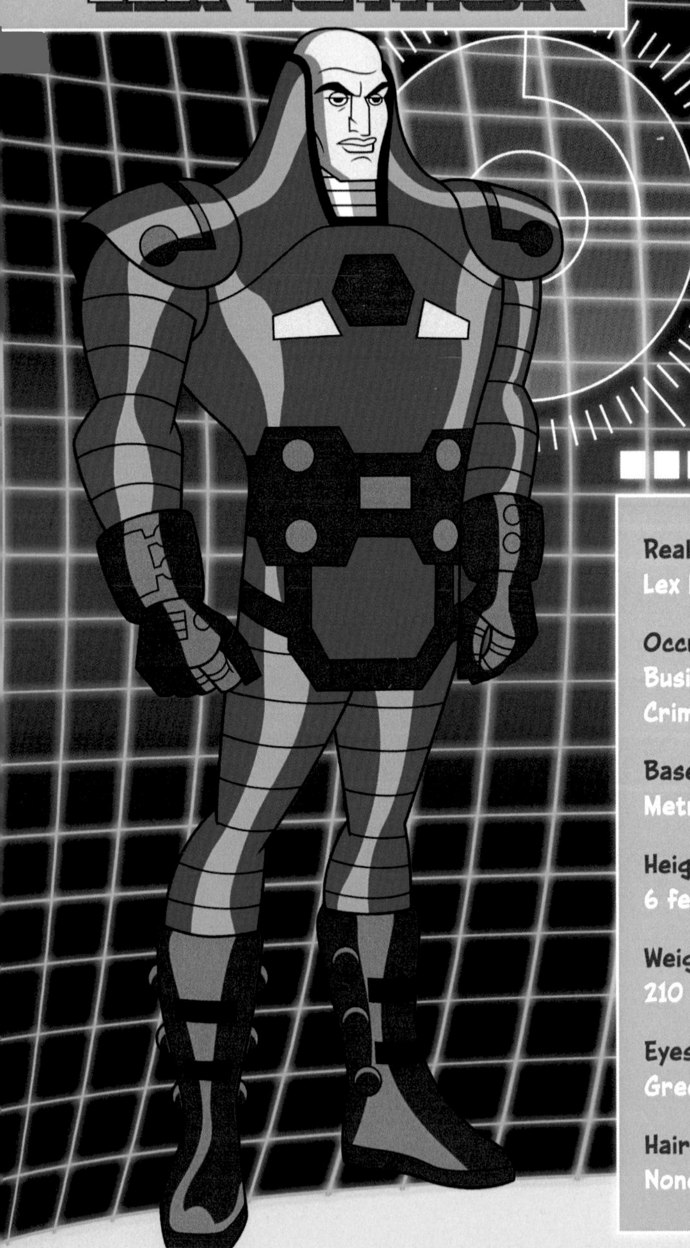

Real Name:
Lex Luthor

Occupation:
Businessman and Criminal Mastermind

Base:
Metropolis

Height:
6 feet 2 inches

Weight:
210 pounds

Eyes:
Green

Hair:
None

Lex Luthor is one of the richest and most powerful people in the city of Metropolis. To many people he's known as a successful businessman, but Luthor has a dirty secret—most of his wealth is ill-gotten, and behind the scenes he is a criminal mastermind. Superman has stopped many of Luthor's sinister schemes. But the villain is careful to never get caught red-handed, so he's free to plan his next crime. Luthor's ultimate goal is to defeat Superman. Only then can Metropolis truly be under his total control.

- Lex Luthor is a crafty businessman, but he's also a criminal mastermind. He often recruits other super-villains to help carry out his illegal activities and to try to topple Superman—and anyone else who would dare stand in his way.
- Luthor has no superpowers, but he is a genius. He uses his superior smarts to make incredible inventions. These include his trademark armored battle suit, which gives him powers and abilities similar to the Man of Steel's.
- In an attempt to become even more powerful, Luthor once schemed his way into the office of President of the United States! It ended badly for him, however, when people discovered that he had secretly put the world at risk to increase his approval ratings.

STRENGTH IN NUMBERS
YOU CHOOSE
JUSTICE LEAGUE
12 POSSIBLE ENDINGS
THE ULTIMATE WEAPON
YOU CHOOSE
JUSTICE LEAGUE
12 POSSIBLE ENDINGS
THE LEAGUE OF LAUGHS
YOU CHOOSE
JUSTICE LEAGUE
12 POSSIBLE ENDINGS
THE PORTAL OF DOOM
YOU CHOOSE
JUSTICE LEAGUE
12 POSSIBLE ENDINGS
COSMIC CONQUEST
ONLY FROM capstone

JUSTICE LEAGUE
THE FUN DOESN'T STOP HERE!
DISCOVER MORE AT...
www.CAPSTONEKIDS.com